Lena Johannson

Strandzauber

rütten & loening

Lena Johannson

Strandzauber

Ein Rügen-Roman

rütten & loening

FSC
www.fsc.org
MIX
Papier aus verantwortungsvollen Quellen
FSC® C083411

ISBN 978-3-352-00678-4

Rütten & Loening ist eine Marke der Aufbau Verlag GmbH & Co. KG

1. Auflage 2015

Einbandgestaltung www.buerosued.de
gesetzt aus der Minion Pro
durch Greiner & Reichel, Köln
Druck und Binden CPI – Clausen & Bosse, Leck
Printed in Germany

www.aufbau-verlag.de

Allen Paaren, denen der Zauber ihrer Beziehung
im Gewimmel des Alltags hin und wieder
abhandenkommt …

Und zur Erinnerung
an Jerry, den Unvergesslichen.

Das Fass läuft über …

»Mami, was ist eigentlich Sex?«

»Weiß nicht, Schatz, ist so lange her.« Carolina strich sich gedankenverloren eine Strähne ihres rötlich-braunen Haares aus dem Gesicht. Warum fuhr denn dieser Trottel da vorne nicht? Wartete er auf eine Farbe, die ihm besser gefiel als Rot, Gelb oder Grün? Nur war so eine Ampel leider keine Losbude, bei der man die freie Auswahl hatte. Schon wieder spät dran. Und ausgerechnet jetzt funktionierte diese dämliche Klimaanlage nicht. Carolina musste dringend damit in die Werkstatt. Warum eigentlich? Das war doch eindeutig Männersache, fand sie. Wenn Kinder chauffieren, waschen und bügeln, Garten pflegen inklusive Rasen mähen, staubsaugen, putzen, Ausflüge planen, Geschenke für Eltern, Schwiegereltern, entfernte Tanten, unzählige Spielkameraden und nicht zuletzt für die Kinder kaufen und Kochen Frauensache war, gehörte das Auto dann nicht zu den Männer-Jobs? Sie seufzte. Sie würde Spaghetti Bolognese machen, überlegte Carolina. Das ging schnell, und die Kinder liebten Bolo, wie sie es nannten. Lutz aß ohnehin alles gern, was sie kochte. In diesem Punkt war er pflegeleicht.

Moment, was war das gerade eben? Sie spulte in Gedanken zurück. Mami, was ist eigentlich Sex? Hatte Lara das wirklich gefragt? Sie war acht Jahre alt! Carolina sah das Gesicht ihrer Tochter im Rückspiegel an. Hinter der kleinen Stirn arbeitete es gewaltig. Carolina musste sich eingestehen, dass ihre Antwort pädagogisch nicht gerade wertvoll gewesen war. Die Frage war so unvorbereitet gekommen, dass die Reaktion heraus war, ehe Carolina überhaupt ihr Hirn in Betrieb genommen hatte. Sie konzentrierte sich auf die Straße. Ein Symbol im Armaturenbrett leuchtete auf. Carolina runzelte die Stirn. Was war das nun wieder? Was sollte das überhaupt darstellen? Verdammt, Lutz hatte ihr versprochen, einen Termin für die Inspektion zu vereinbaren. Er konnte einfach besser erklären, welche Macken an dem Fahrzeug auftraten, und er konnte die Fragen beantworten, die von dem Werkstatt-Heini so sicher kamen wie der Ausfall der Klimaanlage im Sommer. Sie war auf diese Karre angewiesen. In dem Dorf, in dem sie lebten, gab es einen Bäcker, der aus unerfindlichen Gründen noch nicht geschlossen hatte. Das war aber auch schon alles. Zum nächsten größeren Laden waren es mindestens sieben Kilometer, Lara musste zur Schule gebracht und abgeholt werden, Konrad hatte zweimal die Woche Fußballtraining plus einmal Schlagzeugunterricht. Wenn er spät dran war, und das war Konrad meistens, musste er ebenfalls kutschiert werden.

Carolinas Leinentop klebte an ihrem Rücken, ihr Rock, vom Schweiß schon ganz feucht, umschloss ihre Beine wie die Folie eine Salatgurke. Und jetzt kitzelte auch noch irgendetwas in ihrem Ausschnitt. Vielleicht nur ein Schweißtropfen, wahrscheinlicher aber ein Haar, das sich gerade gelöst hatte und in ihr Top gerutscht war. Carolinas Laune sank in dem Maß, in dem die Temperatur im Wagen stieg.

»Wie kommst du bloß auf so eine Frage?«, wandte sie sich an ihre Tochter. Sie konnte das Thema schließlich nicht einfach im Sande verlaufen lassen.

»Finn hat neulich in der Schule davon erzählt.«

»Finn hat von Sex erzählt?« Carolinas Stimme überschlug sich. Ihr war durchaus klar, dass die Kinder heutzutage weiter waren, als sie es in dem Alter gewesen war. Aber dass ein Achtjähriger womöglich schon … Nein, das überstieg dann doch ihr Vorstellungsvermögen.

»Na ja, nicht so richtig. Aber er hat das Wort dauernd benutzt.« Carolina entspannte sich ein wenig. Sie musste nicht darauf gefasst sein, in vier oder fünf Jahren Großmutter zu werden, falls Lara ein Auge auf Finn werfen sollte.

»Was ist das denn nun?«, bohrte Lara.

»Warum fragst du nicht deinen Vater?«, antwortete Carolina und konnte ein schadenfrohes Grinsen nicht unterdrücken. Sollte der sich ruhig auch einmal winden und ins Schwitzen kommen.

»Von Vätern ist dazu nichts Gescheites zu erwarten, sagt Frau Mertens.«

Kluge Klassenlehrerin, ging es Carolina durch den Kopf. Allerdings fühlte sie sich nun gefordert, ihrer Tochter eine ebenso intelligente wie altersgerechte Erklärung zu liefern. Nicht einfach, so aus dem Stand.

»Du weißt doch, dass es Unterschiede zwischen Männern und Frauen gibt, zwischen Mami und Papi zum Beispiel«, begann sie. »Also körperliche Unterschiede, meine ich. Frauen sehen doch ganz anders aus als Männer.« Sie spähte in den Rückspiegel und hoffte auf ein deutliches zustimmendes Nicken von Lara, doch die wirkte ausgesprochen skeptisch. »Na ja, überleg doch mal, Papi hat zum Beispiel einen Bart.«

»Na und? Hat Omi Anna doch auch.«

Carolina setzte den Blinker und fuhr auf den mit Natursteinen gepflasterten Hof des Einfamilienhauses.

»Da wären wir! Also, ich habe jetzt Bärenhunger. Wollen wir Spaghetti Bolo machen?«

»Ja!«, jubelte Lara, löste den Gurt und rutschte eilig vom Rücksitz. Herrlich, wie leicht sich Kinder manchmal ablenken ließen.

»Ich habe die Fenster in den Kinderzimmern weit aufgerissen, aber es kommt trotzdem kaum Luft herein. Wahrscheinlich werden sie wieder schlecht schlafen.« Carolina blickte düster vor sich hin. Dann gab sie sich einen Ruck. »Lust auf eine Weinschorle?«

»Nein, danke.«

»Lieber ein Alsterwasser bei der Hitze?«

»Nein, danke, überhaupt keinen Alkohol. Ich trinke noch ein Glas Wasser und gehe dann auch gleich ins Bett.« Lutz rieb sich mit beiden Händen das Gesicht.

»Jetzt schon? Es ist gerade mal neun.«

»Ich weiß. Aber ich bin erledigt, als wäre es elf.« Er lächelte erschöpft. »Außerdem will ich morgen etwas früher ins Büro.«

»Noch früher?« Carolina konnte es nicht fassen. »Warum bleibst du nicht gleich über Nacht da?«

»Tut mir leid. Ist einfach viel zu tun im Moment.« Lutz war ein dunkler Typ, braunes Haar und braune, sehr dunkle Augen. Seine Haut nahm einen Milchkaffee-Ton an, wenn der Wetterbericht nur Sonne ankündigte. Sobald Lutz dann draußen war, wurde aus Milchkaffee frisch polierte Eiche. Die meisten, die ihn kennenlernten, mutmaßten, er habe spanische, italienische oder gar arabische Wurzeln. Trotz seiner Bräune wirkte sein Gesicht an diesem Abend müde und blass. Er hatte Schatten unter den Augen, die ihr gar nicht gefielen. Natürlich tat er ihr leid. Er schuftete wie ein Maulesel. Und zwar nicht im Moment sondern seit einer gefühlten Ewigkeit. Besserung in Aussicht? Von wegen, das Gegenteil war eher der Fall.

»Im Moment?«, sagte sie gereizt. »Definiere Moment!«

»Was ist denn los? Du bist schon den ganzen Abend so komisch. Alles gut bei dir?« Da war er wieder, dieser sanfte Klang in seiner Stimme, der den Sturm in ihren Segeln augenblicklich in ein laues Lüftchen verwandeln konnte.

»Nichts, alles bestens«, murmelte sie schnippisch.

»Du bist sauer, weil ich noch keinen Termin mit der Werkstatt vereinbart habe, stimmt's? Hast recht, mein Fehler. Tut mir leid. Ich habe die Nummer im Büro und erledige das gleich morgen früh. In Ordnung?«

Sie setzte sich neben ihn an den großen Esstisch, an dem viel zu lange keine ausgelassene Schar guter Freunde mehr gehockt, gegessen und die halbe Nacht geredet hatte. »Ja, wir müssen uns wirklich dringend darum kümmern.« Carolina strich eine Strähne hinter das Ohr und malte mit der anderen Hand Kreise auf das von Kerben und Rotweinflecken gezeichnete Holz.

Lutz legte den Kopf schief. »Und was hast du noch auf dem Herzen?«

»Nichts.«

»Das war geschummelt, dafür müssen wir leider einen Punkt abziehen.«

Sie blickte auf und musste lächeln. »Ach, Lutz, ich weiß gar nicht, wo ich anfangen soll. Du willst ins Bett, und zwischen Tür und Angel lässt sich nun mal nicht klären, was ich alles auf dem Herzen habe.« Sie seufzte tief.

»So schlimm?« Er sah sie ernst an und legte einen Finger auf ihren Arm. Sie nickte. »Es ist wirklich noch früh. Wahrscheinlich kann ich bei diesen tropischen Temperaturen sowieso nicht schlafen. Und wenn meine Frau Kummer hat, habe ich Zeit zum Zuhören.« Er stand auf, ging in die offene Küche, die direkt hinter dem Essplatz lag, und kam mit einem Glas Wasser für sich und einer Weinschorle für Carolina wieder. »Bist du nicht mehr glücklich in unserem kleinen Häuschen?«, wollte er wissen, nachdem er wieder neben ihr Platz genommen hatte.

»Doch, natürlich. Das Haus ist toll, und ich liebe unseren Garten. Das weißt du. Wir haben zwei gesunde Kinder, die sich wunderbar benehmen können. Jedenfalls, wenn sie mit anderen Menschen zusammen sind.«

Er lachte. »Stimmt. Wenn sie mit ihren Eltern allein sind, können sie dafür den Eindruck erwecken, als seien sie Terroristen im ersten Ausbildungsjahr.« Lutz wartete einen Augenblick, dann sagte er leise: »Also bin ich das Problem?«

»Unsinn! Es ist die ganze vertrackte Konstellation. Du

arbeitest rund um die Uhr. Ich habe mit Haus, Garten und Kindern nicht viel weniger um die Ohren.«

»Eher mehr«, warf er ein.

»Das fühlt sich für mich nicht wie Familienleben an, sondern wie ein Mini-Konzern, den es zu führen gilt.« Wie sollte sie es nur erklären? Eigentlich hatte sie alles, was sie sich gewünscht hatte. Trotzdem fehlte ihr etwas. Sie hatten gemeinsam beschlossen, dieses Haus mit großem Grundstück im Grünen zu kaufen. Und sie waren sich schon immer beide einig gewesen, dass sie Kinder wollten und dass diese nicht so früh wie möglich in fremde Hände gegeben werden sollten. Sie wollten ihre Kinder selbst erziehen, ihnen die Werte mitgeben, die sie für wichtig hielten, anstatt sie fremden Menschen anzuvertrauen, von denen man nicht wissen konnte, ob sie in ihrer Freizeit Swingerklubs besuchten oder – noch schlimmer – ob sie sich überwiegend von Chips und Fertiggerichten ernährten. Es sollte immer einer von ihnen zu Hause sein, wenn Lara und Konrad von der Schule kamen. Sie hatten zusammen ihre Zukunft geplant, sie hatten gemeinsam den Alltag bewältigen und die Freizeit genießen wollen. Doch irgendwie hatte die Aufgabenverteilung dafür gesorgt, dass jeder sein eigenes Leben führte. Für Überschneidungen blieb dabei wenig Platz. Selbst die Ferien verbrachte Carolina mit den Kindern inzwischen allein, weil Lutz es nicht einrichten konnte, ein paar Tage frei zu nehmen. Jedenfalls dummerweise nicht dann, wenn es der Schule gepasst hätte. Carolina war klar gewesen, dass er als Alleinverdiener eine große Verantwortung trug. Sie war sich bewusst gewesen, dass der berufliche Aufstieg und damit das höhere Gehalt, das den Kauf des Hauses überhaupt erst ermöglicht hatte, auch mehr Einsatz von ihm erfordern würde. Soweit die Theorie. Vielleicht hatte sie sich die Praxis nie wirklich ausgemalt. Oder zumindest war sie dabei nicht realistisch gewesen. Wenn sie so darüber nachdachte, fiel Carolina auf, wie viele Gedanken sie sich über die Ehe und das Familienleben gemacht hatte, dass jedoch keine dabei gewesen waren, die sich nur mit ihrer Rolle, mit ihrem Alltag beschäftigt hatten.

»Wo bleibe ich?«, fragte sie. »Wo bleiben wir als Paar?«

»Wir sind ein Paar. Jeden Tag sind wir das. Ich verstehe einfach nicht, was du willst!«

»Schlimm genug!«

Es entstand eine kurze Pause. Lutz sah traurig aus, und er war ein wenig aus dem Konzept geraten. Aber nicht lange.

»Dann musst du es mir sagen. Ich bin kein Hellseher, ich kann nicht erraten, was dir fehlt.«

»Als Konrad geboren wurde, hast du keine Überstunden gemacht. Im Gegenteil. Du hast rigoros dafür gesorgt, so viel Zeit wie möglich mit deinem Sohn und deiner Frau verbringen zu können. Jetzt denke ich schon, dein Chef ist tot umgefallen oder euer Büro ist abgebrannt, wenn du pünktlich nach Hause kommst.« Sie kam langsam in Schwung. Wenn sie nun schon einmal zusammen saßen und über die Situation redeten, musste sie diese Gelegenheit einfach ausnutzen. Und zwar richtig. »Du kriegst kaum noch mit, wie es den Kindern geht, was sie treiben. Von mir mal ganz abgesehen.«

»Das ist nicht fair. Ich sehe sie fast immer noch, bevor sie ins Bett müssen. Und ich frage sie, wie die Schule ist, was der Sport macht.«

Carolina ging nicht darauf ein, denn der Punkt wäre an ihn gegangen. »Sport ist ein gutes Stichwort. Dass die Zeit für mein Triathlontraining nicht mehr reichen würde, war mir klar. Aber ich gehe nicht einmal mehr zur Laufgruppe. Du weißt, was mir die bedeutet hat. Die Leute sind klasse, und ich wollte meine Kondition nicht völlig verlieren.«

»Ich habe nie verlangt, dass du damit aufhörst. Im Gegenteil, ich habe dir gesagt, einen Tag pro Woche könnte ich früher nach Hause kommen.«

»Das hast du gesagt, ja, nur hat es nie funktioniert.« Treffer. Sie musste auf der Stelle nachlegen, weil er sonst womöglich nicht verstehen würde, warum ihr das Ganze so sehr zu schaffen machte. Er würde sie für kleinlich oder – noch schlimmer – für permanent unzufrieden halten. Als könne sie den Hals nicht voll kriegen und sich an dem erfreuen, was sie hatte. Aber so war es nicht. »Wir haben überhaupt kein Sexualleben mehr«, schnitt sie ein Thema an, das nun wirklich keine Kleinigkeit war.

»Du übertreibst.«

»Übertreibung macht anschaulich. Aber in diesem Fall ist es nicht einmal eine. Oder würdest du sagen, wir haben ein lebendiges Sexleben?«

»Es ist ein wenig reduziert, würde ich sagen.«

»Ja, so reduziert wie Regen in der Namib.«

Er trank den letzten Schluck Wasser. »Wir werden wieder ein aktiveres haben, wenn die Kinder größer sind.«

»Wann? Wenn Lara achtzehn ist? Dann brauche ich einen Steigbügel, um überhaupt noch auf dich rauf zu kommen.« Er lachte leise.

»Im Ernst, Lutz, lass uns doch wenigstens ein paar Tage wegfahren. Nur wir beide, nur ein langes Wochenende. Das bedeutet, dass du dir einen einzigen Urlaubstag nehmen müsstest.«

»Jetzt verstehe ich dich wirklich nicht. Du wirfst mir vor, dass ich zu wenig Zeit für die Kinder habe, und dann soll ich mir frei nehmen, die beiden Süßen aber bei Fremden parken.«

»Omi Anna ist keine Fremde. Es wäre auch für die beiden mal eine Abwechslung. Verstehst du denn nicht, dass ich nicht nur noch Mami, sondern zwischendurch auch wieder Partnerin und Ehefrau sein möchte?«

»Doch. Aber verstehe du bitte auch, dass ich auch Vater und nicht nur Unternehmensberater sein will. Das geht eben nur in meiner knappen Freizeit. Ich wüsste nicht, warum sich Ehemann und Vater nicht kombinieren ließen.«

Er stand auf. »Carolina, es tut mir wirklich leid. Momentan ist einfach nichts zu machen. Weder mit Kindern noch ohne. Unser neuer Kunde ist extrem anstrengend. Wenn der Beratungsprozess bei dem erst einmal richtig in Gang ist, können wir über Urlaub reden. Bitte, hab noch ein bisschen Geduld.«

Ein anstrengender Kunde bekam von Lutz so viel Zeit, wie er wollte, eine geduldige Ehefrau konnte sehen, was übrigblieb, dachte sie trotzig.

»Dann fahre ich eben alleine!«

»Wie, du fährst allein?«

Carolina hatte es gesagt, ohne weiter darüber nachzudenken. Weder hatte sie überlegt, wer sich um die Kinder kümmern sollte, noch wohin sie überhaupt reisen wollte. Aber plötzlich spürte sie Aufregung und … Vorfreude. Ja, sie würde Urlaub von diesem Wahnsinn hier machen. Das musste doch möglich sein. Sollte Lutz doch mal sehen, wie er ohne sie klarkam. Wenn sie sich die Beine brechen oder aus einem anderen Grund ausfallen würde, musste es schließlich auch irgendwie gehen.

»Ja«, antwortete sie und sah in das verdutzte Gesicht ihres Mannes, der sich noch immer nicht vom Fleck rührte. »Und zwar eine Woche und nicht bloß drei Tage.«

»Die dritte Juliwoche wäre toll!« Carolina hatte das Telefon zwischen Ohr und Schulter geklemmt und reckte sich auf die Zehen, um die Wäsche auf der Leine festzuklammern, die Lutz ein wenig zu hoch angebracht hatte. »Dann kann ich hier in Ruhe klar Schiff machen, und Lutz hat noch ein bisschen Zeit, sich auf den Ernstfall vorzubereiten.«

»Warum verpasst du ihm nicht gleich einen richtigen Denkzettel und bleibst drei Wochen?«

»Mutti!« Sie schüttelte den Kopf und musste Laras Kleid in den Wäschekorb fallen lassen, um das Telefon aufzufangen, das ihr dabei wegrutschte. »Bei dir klingt das, als ob ich einen Rachefeldzug plane. Ich will ihn höchstens ein bisschen wachrütteln. Und vor allem will ich Urlaub machen. Ich bin echt überfällig.«

»Ich hatte dich gewarnt. Kein Mann läuft mehr einem Bus hinterher, in dem er schon sitzt.«

»Dann wäre er auch eine gespaltene Persönlichkeit.«

»Du weiß genau, was ich meine. Mit der Hochzeit hast du ihm ein bequemes Plätzchen im Bus eingerichtet, und nun wunderst du dich, dass er den Hintern nicht mehr hochkriegt und mal ein Stück zu Fuß geht. Ihr seid über zwölf Jahre verheiratet, da ist es ganz normal, dass der Ofen aus ist. Ich hatte Glück, dein Vater ist so früh gestorben, dass ich ihn noch immer als Draufgänger und flotten Liebhaber in Erinnerung habe. Aber das ist nun mal nicht jeder vergönnt. Trotzdem musst du dich noch lange nicht mit der Flaute und dem Einerlei abfinden.«

»Ich hätte es schön gefunden, länger einen Vater zu haben, weißt du?«

»Ja, ich weiß. Keine Ahnung, woher du das hast.«

Carolina seufzte. »Und von Flaute und Einerlei kann auch keine Rede sein. Na ja, ein bisschen vielleicht. Jedenfalls bin ich froh, dass du kommen kannst. Aber wehe, du übernachtest hier«, drohte sie. »Dann kommt Lutz gar nicht mehr aus dem Büro nach Hause. Er soll ruhig das Gefühl haben, zu einer bestimmten Zeit da sein zu müssen.«

»Schon klar. Außer am Dienstag und am Donnerstag muss er mich sowieso immer ablösen. Ich habe nicht vor, wegen eurer Eheprobleme auf mein Yoga, die spirituelle Runde und mein Damenkränzchen zu verzichten.«

Nach dem Gespräch mit ihrer Mutter streifte Carolina durch den Garten. Die Ranken der Kürbispflanze wuchsen bereits über den Rand des Kompostbehälters hinaus. Wenn sie von ihrer Reise zurück war, würden die ersten Tomaten reifen. Hoffentlich nicht schon früher. Noch mehr hoffte sie, dass es zwischendurch einmal regnen würde. Andererseits … Es war Lutz doch wohl zuzumuten, den Rasensprenger anzustellen. Mehr musste er nicht tun. Um den Rest würde sich Omi Anna kümmern. Niemand passte besser auf Obst und Gemüse auf als eine Veganerin! Trotzdem. Carolina fühlte sich hin- und hergerissen. Ihre Mutter wusste Bescheid, das hieß, es gab kein Zurück mehr. Einerseits freute sie sich darüber, andererseits hatte sie ein furchtbar schlechtes Gewissen. Außerdem spukte das Wort Eheprobleme in ihrem Kopf herum. Es war Omi Anna, die es in den Mund genommen hatte, insofern hatte es nichts zu bedeuten. Nicht viel. Aber tief in ihrem Inneren meldete sich Hildegard, die ständig fragte, ob es nicht doch welche gab und warum sie wohl sonst allein verreisen musste. Carolina hatte eine innere Hildegard, die sie ständig ermahnte, die Bügelwäsche nicht zu lange liegen zu lassen, zur Vorsorgeuntersuchung zu gehen und – noch wichtiger – einen Termin für Lutz zum jährlichen Gesundheits-Check zu machen. Ihre innere Hildegard war so etwas wie eine strenge ständige Mahnerin. Im Grunde meinte sie es nur gut, sie wollte, dass Carolina eine perfekte Hausfrau, Ehefrau und Mutter war. Da diese von jedem der drei Zustände Lichtjahre entfernt war, lagen sie und die innere Hildegard ständig im Clinch.

»Ich habe heute übrigens ein Zimmer gebucht. Auf Rügen. Für die dritte Juli-Woche.«

»Du meinst es also ernst.«

»Ja, Lutz, ich muss einfach raus, Abstand kriegen.«

»Okay«, sagte er leise. Das war schlimmer als jeder Vorwurf.

»Es wäre mir viel lieber, wir würden zusammen fahren. Dann wäre ich auch mit einem Wochenende zufrieden gewesen, aber wenn es nicht geht …« Dieses Mal sagte er gar nichts. »Du brauchst dir keine Sorgen zu machen. Ich regle alles, bevor ich fahre. Mit Omi Anna habe ich schon gesprochen. Sie kommt jeden Tag, holt Lara von der Schule ab und versorgt die beiden, bis du zu Hause bist.«

»Eine Woche Omi Anna?« Er sah sie ängstlich an. »Das ist Wahnsinn! Danach wünschen sich unsere Kinder spirituelle Hörbücher oder eine Woche Fastenwandern in Apulien.«

Carolina konnte das Lachen kaum verkneifen. Sie bemühte sich, ernst zu bleiben. »Vielleicht kannst du in der Zeit weniger arbeiten oder sogar einen Tag frei nehmen, um die beiden vor der totalen Erleuchtung zu bewahren.«

»Wir werden anschließend mit ihnen über den Konsum von Fleisch, Käse und Eiern diskutieren müssen. Mit unseren eigenen Kindern«, brachte Lutz theatralisch hervor.

»Schnappe sie dir und gehe mit ihnen Currywurst essen, bevor die Gehirnwäsche anschlagen kann.«

Er hatte aufgegeben. Oder war es pure Taktik, dass er nun immer wieder betonte, wie sehr sie sich ein bisschen Erholung verdient hatte, dass sie auf jeden Fall zurechtkommen würden und sie sich unter keinen Umständen Sorgen machen sollte. Gleichzeitig kam er noch später aus dem Büro und erklärte, er versuche, ein wenig vorzuarbeiten, damit er vielleicht tatsächlich einen freien Tag nehmen oder wenigstens mal eine Stunde früher Feierabend machen konnte, wenn Carolina weg war. Auch sie selbst bereitete die Zeit ihrer Abwesenheit akribisch vor. Sie fuhr zweimal zum Einkaufen, weil sie mit einem Mal nicht alles transportieren konnte. Anschließend waren die Schränke so voll, dass sie zu fünft – Omi Anna eingeschlossen – ein halbes Jahr überleben konnten, falls ein Erdbeben sie von der Außenwelt abschneiden sollte. Was in Brandenburg wenig wahrscheinlich war, aber man konnte ja nie wissen. Sie kochte Soja-Geschnetzeltes mit Bergen von Pilzen vor, das selbst bei Konrads gesegnetem Appetit – seit rund einem Monat futterte der Junge ihnen wirklich die Haare vom Kopf – für zwei Tage reichen würde. Carolina zupfte Unkraut, mähte den Rasen, knipste verwelkte Blüten ab und besprühte die Apfel- und Pflaumenbäume sowie das Gemüsebeet, das in diesem Jahr schon wieder ein Stückchen größer ausgefallen war als noch im Jahr zuvor, mit Brennnesseljauche, um Schädlingen vorzubeugen. Natürlich putzte sie noch einmal sämtliche Fenster, räumte die Küchenschränke aus, wischte sie durch, sortierte aus, was das Verfallsdatum überschritten, sich bei Kontrollen bisher aber immer irgendwie durchgemogelt hatte, und räumte alles wieder ein. Ihr war klar, dass ihre Mutter keinen Blick dafür haben würde. Und wenn doch, würde es ihr absolut nicht in den Schädel gehen, wofür ihre Tochter das ganze Theater veranstaltete. Es wurde ohnehin alles wieder innerhalb kürzester Zeit schmutzig, argumentierte sie gerne. Hätte Carolina die Zeit für eine ausgiebige Meditation oder einen anständigen Kneipenbummel genutzt, wäre das nach Ansicht ihrer Mutter besser für ihr Karma gewesen. Immerhin hatte Carolina es zwischendurch geschafft, einen Tagesausflug auf das Inselchen Vilm zu buchen. So oft sie auch schon auf Rügen gewesen war, hatte sie doch noch nie das kleine Eiland ein paar Kilometer entfernt besucht. Und sie war sehr oft dort gewesen. Als Carolina Kind war, hatten sie die Ferien jedes Jahr auf der Ostseeinsel verbracht. In der ersten Zeit war Vilm der Öffentlichkeit noch nicht zugänglich gewesen, später musste man sich anmelden, um hinfahren zu dürfen. Doch von festen Plänen hielt Anna nichts. Darum hatte es nie geklappt, obwohl Carolina immer wieder gedrängelt hatte, unbedingt einmal an dem Ausflug teilzunehmen. In ihrer Fantasie handelte es sich um eine einsame Insel mit allem, was dazu gehört. Vielleicht gab es sogar Spuren eines Piratennestes, hatte sie sich vorgestellt. Immerhin war der Besuch jahrelang verboten bzw. hohen Funktionären vorbehalten gewesen. Oder sie trafen auf einen Schiffbrüchigen, der dort seit Jahrzehnten hauste. Sie hatte nie die Gelegenheit bekommen, auf die in ihrer Imagination ungeheuer spannende Erkundungstour zu gehen. Als sie ein Teenager war, kündigte ihre Mutter an, sie müssten unbedingt einmal nach Vilm fahren. Sie hatte gerade begonnen, sich mit Spiritualität auseinanderzusetzen, und irgendjemand hatte ihr eingetrichtert, es handle sich um einen Kraftort erster Güte. Carolina interessierte sich inzwischen nicht mehr dafür. Was sollte auf dem Fitzelchen Land gegenüber von Rügen schon los sein? Nein, da war sie lieber in Lobbe geblieben, in der Nähe des Zeltplatzes und in der Nähe von Jens …

Am letzten Tag saugte Carolina das gesamte Haus, bügelte noch einmal zehn Hemden für Lutz auf Vorrat und bezog schließlich sämtliche Betten frisch. Es war doch so warm. Wer mochte schon in verschwitztem Bettzeug schlafen? Sie tat alles, um Omi Anna, wie sie ihre Mutter seit Konrads Geburt nannte, zu entlasten und ihre Familie gut zu versorgen. Carolina hatte Schuldgefühle. Von der ersten Sekunde hatte sie die gehabt.

»Du musst nicht fahren«, raunte die innere Hildegard, der kleine Feigling, ihr gebetsmühlenartig ins Ohr. »Stell dir vor, einem deiner Kinder stößt etwas zu, während du dich amüsierst. Und überhaupt, was soll amüsant daran sein, allein in einem Restaurant zu hocken, allein spazieren zu gehen? Du bist nicht gerne allein. Du musst nicht fahren, du brauchst niemandem etwas zu beweisen.«

Glücklicherweise gab es auch die innere Jeanette, die, wie ihr Name schon sagte, immer nett war. Sie strotzte vor Mut und Tatendrang und war jederzeit nachsichtig mit Carolina. »Du warst viel zu lange nicht mehr auf Rügen. Weißt du noch, wie sehr du die Insel immer geliebt hast? Endlich kannst du all die Plätze besuchen, die dir so viel bedeutet haben. Du kannst machen, was du willst, brauchst auf niemanden Rücksicht zu nehmen, nicht auf die Uhr zu schauen.« Je genauer sie sich ausmalte, was sie alles würde unternehmen können, desto mehr wuchs ihre Vorfreude.

Sie würde faul am Strand liegen oder noch besser: kilometerweit durch den weichen Sand laufen. Sie würde in der Ostsee baden und Muscheln sammeln. Vielleicht bekam sie genug Treibgut, Steine und Schneckenhäuschen zusammen, um daraus zu Hause mit den Kindern etwas Schönes zu basteln. Sie konnte sich die Kreidefelsen bei einem Ausflug vom Meer aus ansehen. Am Kap Arkona würde sie die Ausstellungen der Künstler besuchen. Und natürlich würde sie den Tag der Bäderarchitektur nutzen, um endlich eine der prachtvollen weißen Villen von innen zu sehen, die ihr schon von außen so sehr gefielen. Das freudige Kribbeln im Bauch hatte es tatsächlich geschafft, das schlechte Gewissen in eine Ecke sehr weit hinten zurückzudrängen. Bis zu dieser letzten Nacht vor ihrer Abreise.

Carolina erwachte, weil jemand an dem Laken nestelte, das ihr in heißen Sommernächten als Decke genügte.

»Ich kann nicht schlafen.« Mit dünner Stimme schluchzte ihre Tochter die Worte mehr, als dass sie sie sagte.

»Ich bringe dich wieder ins Bett«, murmelte Carolina und machte Anstalten aufzustehen.

»Mami, musst du wirklich wegfahren?« Jetzt bebte die Stimme regelrecht, und Carolina konnte Laras Unterlippe zittern sehen, obwohl es stockdunkel war. »Kann ich zu euch ins Bett kommen?« Es klang, als warteten an jedem anderen Ort dieser Welt grausame Monster auf sie.

»Natürlich, komm her, Schatz.« Das hätte sie besser nicht gesagt. Augenblicklich drängte sich ein kleiner glühender Körper mit Wucht an Carolinas Bauch. Ihr blieb kurz die Luft weg. Als sie ihre Tochter, dieses zerbrechliche Wesen mit schweißnassem Haar, tief und zufrieden seufzen hörte, ging ihr das Herz auf. »Bleib ruhig hier. Papi und ich haben sowieso keinen Sex«, flüsterte sie. »Wenn ich nach Hause komme, erkläre ich dir auch in aller Ruhe, was das ist.« Sie lächelte in die Dunkelheit hinein.

Als sie schon meinte, Lara sei auf der Stelle eingeschlafen, hörte sie das Kind sagen: »Du wirst mir ganz doll fehlen, Mami.«

»Du mir auch, mein Schatz.«

»Und das ist schlimm, weißt du? Wenn jemand ganz große Sehnsucht hat, dann kriegt der so große Schmerzen, dass er gar nicht merkt, dass er stirbt. So was kann passieren.«

Lutz

»Ich habe da so etwas läuten hören, dass ihr demnächst Petersilienhochzeit habt. Wenn ihr da mal nicht von ein paar Freunden überrascht werdet.«

»Wäre doch schön.«

»Du weißt hoffentlich, dass ihr in so einige böse Fallen tappen könnt, oder? Na ja, deine Frau kennt sie bestimmt alle, hat Berge frischer Petersilie im Haus … Du hast echt Glück, dass sie Vollzeit-Hausfrau ist. Das gibt's heute ja kaum noch. Die meisten Frauen haben doch einen Beruf, also einen richtigen, meine ich.«

»Carolina hat auch einen richtigen Beruf.«

»Ja, natürlich, nichts für ungut. Hausfrau ist ein Beruf, klar. Nee, ehrlich, ich finde das toll. Ich wäre froh, wenn meine Frau auch nur zu Hause wäre und nicht noch nebenbei in so einer dämlichen Boutique übergewichtigen Damen zu kleine Kleider verkaufen würde.«

»Nein, du verstehst das falsch. Jetzt ist Carolina Hausfrau, aber davor hatte sie einen anderen Beruf. Sie hat studiert und ist Innenarchitektin.«

»Ach, das wusste ich ja gar nicht. Aber sie arbeitet doch nicht, oder?

»Nein, als Konrad geboren wurde, hat sie aufgehört.«

»Und das ist okay für sie?«

»Ja, absolut. Wir haben das gründlich besprochen und gemeinsam entschieden.«

Rückkehr nach Rügen …

Sie hatte Eichhörnchen unter den Armen! Liebe Güte, das ging überhaupt nicht. Carolina stand vor dem Spiegel im Bad ihres Hotelzimmers und starrte auf das Haar, das unter ihren Achseln hervorlugte. Sie konnte unmöglich das ärmellose Kleid tragen, ehe sie nicht diesen Wildwuchs beseitigt hatte. Wie lange hatte sie sich schon mal wieder Zeit dafür nehmen wollen! Auch beim Friseur wollte sie längst gewesen sein. Am Ende wurde sie noch eine von den Frauen, die sich nicht mehr pflegten, weil sie verheiratet und damit raus waren aus den Kämpfen um den attraktivsten Mann. Wenn sie nicht aufpasste, lief sie irgendwann mit strähnigem Schopf herum und behielt ausgeleierte Jogginghosen an, wenn sie bloß schnell eine Kleinigkeit einkaufen wollte. Nein, so weit würde sie es nicht kommen lassen. Nur weil Lutz sie sowieso kaum noch nackt sah, weil er meist vor ihr ins Bett ging, sofort einschlief und auch vor ihr wieder aufstand, war das noch lange kein Grund zu verwahrlosen. Es war nur dummerweise immer etwas dazwischen gekommen. Mal brauchte Lara für die Schule Blätter von verschiedenen Bäumen, die sie gemeinsam gesammelt hatten, dann musste Carolina Kuchen für das Probenwochenende von Konrads Band backen, in der er schon mal praktische Erfahrungen mit seinem Instrument und als Rockstar sammelte. Kurz vor ihrer Abreise hatte sie sich schon in das Badezimmer zurückgezogen, bereit, sich endlich einmal wieder ausgiebig von Kopf bis Fuß zu pflegen und zu verwöhnen. Dort war ihr aufgefallen, dass der Abfluss in der Dusche leicht würzig roch. Vermutlich hatte sich in den feuchten Tiefen ein Knäuel aus den Haaren der gesamten Familie gebildet, und irgendwelche Bakterien machten sich gerade emsig daran, dieses zu zersetzen. Zwar hatte sie sich unter Haarentfernung etwas anderes vorgestellt, aber dieser glitschige Job ging nun einmal vor. Die Achseln mussten warten.

Carolina blickte an sich herunter. Die Beine wären auch dran gewesen, ein anderes Kleid oder ein kurzer Rock fielen also auch aus. Sie schlüpfte in eine lange Leinenhose und eine kurzärmlige Bluse. Morgen konnte sie sich um ihren Körperbewuchs kümmern. Und zwar ganz in Ruhe, denn jetzt hatte sie ja Zeit!

Kaum, dass sie in Binz aus dem Zug gestiegen war, hatte sich Carolina schon so frei und unbeschwert gefühlt, wie seit Jahren nicht mehr. Okay, ihre innere Hildegard war noch nicht sicher hinter Schloss und Riegel gebracht, aber ihr Protest wurde bereits deutlich schwächer. Auch ihre Unsicherheit würde Carolina schon noch in den Griff bekommen. Seit Ewigkeiten war sie nicht mehr essen gegangen, schon gar nicht alleine. Das letzte Mal war zur Weihnachtsfeier von Lutz' Firma gewesen. Der einzige Abend im Jahr, an dem Omi Anna die Kinder ins Bett bringen durfte. Bei dem Gedanken bekam Carolina weiche Knie. Es war eigenartig, die Kinder heute nicht ins Bett zu bringen. Morgen auch nicht und auch übermorgen nicht. Sie würde anrufen. Carolina griff nach ihrem Mobiltelefon. Nein, jetzt nicht. Wenn du später anrufst, hat Lutz den ersten Tag überstanden, und es ist Ruhe eingekehrt, sagte sie sich. Für ihr erstes Abendessen im Urlaub hatte sie sich das hoteleigene Restaurant ausgesucht. Irgendwie fand sie die Idee gut, dort schon ein paar andere Gäste zu sehen, die am nächsten Tag auch im Frühstücksraum sitzen würden. Dann gab es morgen schon Gesichter, die ihr vertraut waren, und sie würde sich weniger einsam fühlen.

Carolina war bereits an der Zimmertür, da beschloss sie, doch schon vor dem Abendessen zu Hause anzurufen. Vielleicht konnte sie die Kinder kurz hören. Außerdem war es noch nicht einmal neunzehn Uhr. Was sollte sie mit dem ganzen langen Abend anfangen, wenn sie schon so früh zum Essen ging? Die Antwort war da, noch ehe sie die Frage zu Ende gedacht hatte: ins Bett gehen. Sie würde schlafen, einfach nur schlafen!

»Hallo, Ehemann.«

»Hallo, Ehefrau.«

»Ich wollte nur kurz Bescheid sagen, dass ich gut gelandet bin.«

»Das ist nett. Hast du ein schönes Zimmer?«

»Ja, ja, es ist wirklich hübsch eingerichtet. Mit Muscheln auf der Fensterbank, einem Bild von einem Leuchtturm und allem, was sonst so zu maritimer Atmosphäre gehört.« Sie lachte. »Das Restaurant sieht auch sehr nett aus. Ich werde gleich essen gehen.«

»Einfach an den gedeckten Tisch setzen, bestellen, worauf du Lust hast und nicht aufpassen müssen, dass unser verfressener Sohn Nachschlag bekommt, bevor er seiner Schwester den Teller leer machen kann. Dir wird etwas fehlen.« Sie konnte sich genau seinen Gesichtsausdruck vorstellen.

»Apropos, sind die beiden in der Nähe? Kann ich sie kurz sprechen?«

»Nein, sie sind mit Omi Anna draußen. Ich glaube, sie spielen ›Ich packe meinen Rucksack für die Demo und nehme mit‹ …«

»Meine Mutter und eine Demo? Niemals!«

»Hast recht. Im Ernst, sie wollen ein Tipi bauen. Jedenfalls das Gerüst dafür. Sie waren im Wald und haben lange Knüppel gesammelt. Um das Gestell herum pflanzen sie Bohnen. Ich nehme an, du kannst die dann irgendwann ernten und verarbeiten, wenn sie uns über den Kopf wachsen.«

»Klingt gut.« Carolina war enttäuscht, dass Lara und Konrad zu beschäftigt waren, um kurz ans Telefon zu kommen, aber sie freute sich, dass sie mit Omi Anna offenbar viel Spaß hatten. Moment mal, warum war die überhaupt da?

»Warum ist Omi Anna nicht längst bei ihrem Damenkränzchen? Warum ist sie überhaupt da? Es ist Sonntag. Ich bin gerade erst weg, und du bist den ganzen Tag zu Hause gewesen. Oder nicht?«

»Du kennst sie doch. Ich glaube, sie war eine halbe Stunde, nachdem ich dich zur Bahn gebracht hatte, hier. Zuerst hat sie mir einen Vortrag darüber gehalten, dass du ihrer Meinung nach viel länger wegbleiben solltest, um mir begreiflich zu machen, wie furchtbar unsere Ehe für dich ist, worauf du verzichtest und wie egoistisch ich bin. Es folgte ein Referat über den Vorteil früh versterbender Ehepartner, wobei sie sich nicht ausdrücklich auf einen von uns beiden festgelegt hat, dann hat sie Kuchen ausgepackt und verkündet, ich brauche dringend Erholung von der stressigen Woche. Sie würde sich nach dem Kaffeetrinken um die Kinder kümmern.«

»Wenn sie dich mit Kuchen verwöhnt, nehme ich an, ich soll zuerst ins Gras beißen.«

»Dagegen spricht, dass es veganer Kuchen war. Den Kindern hat sie gleich erlaubt, Kekse zu essen.«

»Autsch! Tja, mein Lieber, ich fürchte, dann hofft sie doch eher auf dein zeitiges Ableben.«

Sie plauderten noch eine Weile. Man konnte nicht behaupten, dass sie sich nach über zwölf Jahren Ehe nichts mehr zu sagen hätten. Wenn Lutz dienstlich unterwegs war, telefonierten sie immer, bevor er in das fremde Hotelbett stieg. Nicht selten dauerten diese Gespräche über eine Stunde. Heute waren die Rollen einmal anders verteilt.

»Lieb, dass du angerufen hast«, sagte er schließlich.

»Ist doch klar.« Sie hörte seinen Atem. Bestimmt war er total erledigt. Er drehte emsig seine Runden in seinem

Hamsterrad, um jeden Monat die Raten für das Haus zu sichern. Sein Sonntag war sicher auch nicht gerade erholsam gewesen mit Omi Anna und veganem Kuchen. Und Carolina machte Urlaub!

»Ich vermisse dich.«

Sie fühlte sich elend. Am liebsten wäre sie auf der Stelle nach Hause gefahren, zur Not per Anhalter. Hauptsache, sie konnte schnell wieder das Regiment übernehmen. Andererseits … »Ich dich auch«, sagte sie leise. »Ich muss jetzt …«

»Ja, klar. Genieße die Zeit!« Wieder entstand eine kurze Pause. »Carolina?«

»Ja?«

»Wenn du wieder da bist, müssen wir reden. In Ordnung?«

Carolina beschlich ein mulmiges Gefühl. Er klang irgendwie streng, ganz fremd. Wenn sie in den letzten Jahren etwas nicht in Frage gestellt hatte, dann war das ihre Ehe. Und jetzt? Brach jetzt alles auseinander, nur weil sie einmal einem spontanen Impuls gefolgt war?

Der Zweiertisch, den ein junger, gebrochen Deutsch sprechender Kellner ihr zugewiesen hatte, lag im hintersten Winkel des Restaurants. Ihr war es recht. Hier fiel sie niemandem auf und konnte ungestört die anderen Gäste beobachten. Am Nebentisch saß eine Familie mit zwei Jungen. Zwillinge. Sie mochten zwischen zehn und zwölf Jahre alt sein, also etwa in Konrads Alter. Zwischen Tellern mit Nudeln, Gläsern und Servietten lag Malzeug auf dem Tisch. Einer der Knirpse hielt einen Buntstift in der Hand. Allerdings saß er nur da und hielt ihn fest, ohne ihn zu benutzen. Seine Augen klappten ihm immer wieder zu, und seine Mutter verhinderte mehr als einmal, dass er vor Müdigkeit vom Stuhl fiel. Der andere war das glatte Gegenteil. Total überdreht hüpfte er von seinem

Platz, kletterte unter die Tischdecke, tauchte im nächsten Moment wieder auf und setzte sich, der erschöpft klingenden Anweisung seines Vaters folgend, wieder auf den Hosenboden. Lange hielt es ihn allerdings nicht auf seinem Hintern. Er schob sich eine Gabel Nudeln in den Mund und war auch schon wieder auf den Beinen. Carolina musste schmunzeln. Der Vater war offenbar genervt und überfordert. Jedenfalls hatte er resigniert und ließ seinen putzmunteren Sohn gewähren. Die Mutter dagegen rief ihn pausenlos in gedämpftem Ton zur Ordnung. Von ihrem Teller fehlte kaum etwas. Kein Wunder, sie kam nicht zum Essen, weil sie mit einer Hand einen Jungen immer wieder in die Senkrechte schob, sobald sich sein Oberkörper weit genug zur Seite geneigt hatte, mit der anderen griff sie blitzschnell nach einem Glas, das zu kippen drohte, oder zupfte die Tischdecke wieder zurecht, die Sohn Nummer zwei soeben mit sich in die Tiefe zu reißen drohte.

»Rasmus, es reicht!«, zischte sie plötzlich. »Du setzt dich jetzt augenblicklich hin und isst anständig auf. Oder du bist satt, dann bezahlen wir jetzt und gehen ins Bett.«

»Ich will aber noch ein Eis«, quengelte Rasmus und begann, das kleine Blumengesteck zu untersuchen, das neben Salz- und Pfefferstreuer und einem bunten Aufsteller, der für einen exquisiten Aperitif warb, seinen Platz hatte.

»Dann wird vorher aufgegessen. Stell das hin! Du setzt dich jetzt sofort auf deinen Stuhl!« In dem Moment kippte Rasmus' Bruder schneller als bei den Malen zuvor zur Seite. In der letzten Sekunde nahm seine Mutter die Bewegung wahr, drehte sich blitzartig zu ihm und fing ihn auf. Der riss die Augen auf und starrte sie völlig verwirrt an. Die kurze Zeit reichte Rasmus, um das Keramiktöpfchen mit den Ranunkeln darin auch von unten zu inspizieren. Anscheinend hatte er sie für künstliche Blumen gehalten und war erschrocken, als nun Wasser auf die Tischdecke tröpfelte. Er machte einen Satz rückwärts und schlug dabei seinem Vater gegen die Hand, die soeben nach dem Burgunderglas gegriffen hatte. Rote Spritzer bedeckten das Hemd des jungen Familienvaters. Der Junge, der eben noch todmüde in den Armen seiner Mutter gehangen hatte, begann laut und ausgesprochen ansteckend zu lachen. Er klang wie Ernie aus der Sesamstraße. Rasmus wusste augenscheinlich nicht, ob er in das Gelächter seines Bruders einstimmen durfte oder sicherheitshalber in Tränen ausbrechen sollte. Nicht nur Carolina, sondern auch weitere Gäste beobachteten die Szene.

Der Vater blickte an sich herunter. Kurz sah es so aus, als würde er seinem Filius eine gehörige Standpauke halten, dann verzog sich sein Mund zu einem breiten Lächeln, und er begann ebenfalls schallend zu lachen. »Gutes Material«, sagte er anerkennend, als er wieder sprechen konnte, und zupfte an seinem Hemd. »Sehr saugfähig!«

Bis zu diesem Augenblick war die Mutter ernst geblieben und darum bemüht gewesen, ihrem Sohn dieses Verhalten nicht durchgehen zu lassen, doch nun löste sich auch bei ihr die Anspannung, sie kicherte hemmungslos.

Am Tisch zu Carolinas Rechten saßen vier Frauen. Offenbar ein Mädelsurlaub oder wenigstens ein Mädelswochenende, wie sie es früher mit ihren Lauf-Freundinnen auch gemacht hatte. Sie waren immer gefahren, wenn es am billigsten war, im Januar oder Februar. Dann konnten sie sich ein schickes Wellnesshotel leisten und gönnten sich die verrücktesten Anwendungen. Packungen mit warmer Butter, Bäder in Schokolade oder Massagen der Meridianbahnen mit Murmeln. Carolina seufzte. Das war eine herrliche Zeit gewesen. Kiefer und Bauchmuskeln hatten ihr hinterher immer weh getan vom vielen Herumalbern und Lachen. Sie sah sich die Damen näher an. Eine von ihnen war obenrum kräftig gebaut und überhaupt sehr füllig. Selbst für ein Rubens-Modell waren es ein paar Kilo Rohmasse zu viel. Sie trug ein magentafarbenes Oberteil mit Wasserfallkragen, der die Form ihres Dekolletés perfekt fortsetzte. Auf dem Rücken hatte es einen tiefen Ausschnitt. Vorne versteckte es vielleicht das eine oder andere Röllchen, aber es gibt immer auch ein Hinten, dachte Carolina. Das sollte man bedenken, wenn man ein solches Teil trug. Denn nun hatte alle Welt freie Sicht auf speckig-gepolsterte Schulterblätter, die sich wie Pobacken zusammenschoben. Zum Friseur müsste sie auch dringend, um sich ihren platinblonden Schopf nachfärben zu lassen. Dachte sie etwa, niemand würde den breiten grauen Mittelstreifen an ihrem Scheitel bemerken? Die Zweite im Bunde war die klassische Intellektuelle mit karottenroten kurz geschnittenen Haaren, die Koteletten wie Pfeile spitz in das Gesicht gezogen. Sie deuteten in Richtung ihrer orange getuschten Lippen, als wollten sie sagen: »Hört alle her! Wenn diese Frau den Mund aufmacht, kommt etwas sehr Kluges heraus.« Sie trug eine runde Hornbrille, überdimensionale Ohrstecker und einen passenden Ring. Die Dritte in der Runde trug hohe Stiefel zu einem kurzen Rock. Ihre braunen Locken fielen ihr lässig über die Schultern, als hätte die Dame keinen Handschlag daran gemacht, sondern sei geradewegs so vom Strand gekommen. Vermutlich hatte es sie mindestens eine halbe Stunde gekostet, um so auszusehen. Sie hatte Modelmaße und verstand es, diese in Szene zu setzen. Beneidenswert, dachte Carolina. Wahrscheinlich hasste die Mollige sie dafür. Zu Nummer vier gab es nichts zu sagen. Sie trug eine beigefarbene Bluse zum braunen Rock, hatte mittellanges aschblondes Haar und arbeitete offenbar daran, unsichtbar zu sein. Carolina fiel auf, dass die vier Grazien bereits beim Dessert angekommen waren, während sie selbst noch nicht einmal gewählt hatte. Als sie eine Weile später ihre Vorsuppe ausgelöffelt hatte, saßen die Frauen noch immer dort und plapperten unaufhörlich. Hatten die nichts anderes zu tun?, fragte sie sich erstaunt. Müßiggang wollte auch trainiert sein, wie es aussah.

Nach dem Essen hatte sich Carolinas Müdigkeit verflüchtigt. Bevor sie ins Restaurant gegangen war, hatte sie das Fenster in ihrem Zimmer weit geöffnet. Es war zwar auch hier hochsommerlich warm, aber auf Rügen wehte ein erfrischender leichter Wind. Endlich wieder klare Luft atmen! Sie würde sicher gut schlafen. Später. Jetzt war erst mal Zeit für einen Verdauungsspaziergang. Eine dünne Strickjacke über der Schulter spazierte sie die Strandstraße in Richtung Ostsee herunter. Postkartenständer, Muscheln und aufblasbares Spielzeug waren bereits weggeräumt worden, die kleinen Geschäfte lagen dunkel da. Sie ruhten sich für den Ansturm der nächsten Tage aus. Trotzdem herrschte noch reger Betrieb in der Straße, denn auch die meisten Restaurants des Ortes befanden sich hier. Noch ein paar Schritte, dann löste salziger Meeresduft den Geruch von Gebratenem ab. Unter das Stimmengewirr anderer Spaziergänger mischte sich das leise Rauschen der Wellen. Carolinas Herz machte einen Hüpfer. Auf der Kurbühne war nichts los, und auch der Info-Pavillon war längst geschlossen. Sie schlüpfte aus den Schuhen und grub ihre Füße in den Sand. Er war noch ein bisschen warm. Oder bildete sie sich das nur ein? Auf jeden Fall war es ein sehr gutes Gefühl. Sie schlenderte näher an den Saum des Wassers heran und dann einfach immer geradeaus, die Ostsee zu ihrer Linken. Warum nur war sie noch nie mit ihrer Familie oder wenigstens mit Lutz hier gewesen? Das mussten sie nachholen, wenn er denn jemals Zeit für Urlaub hatte. Ihre Unzufriedenheit und ihre Enttäuschung darüber, dass sie und ihr Mann nur noch nebeneinander lebten, waren mit einem Mal unendlich weit weg. War sie heute Morgen wirklich noch zu Hause in ihrem kleinen Dorf in Brandenburg gewesen? Das erschien ihr beinahe unmöglich. Ihr Kummer verblasste wie der Sand, von dem sich das Wasser zurückzog. Eine Weile ließ sie ihre Gedanken einfach treiben. Viele Erinnerungen an kindliche Urlaubserlebnisse kamen ihr in den Sinn, und sie musste lächeln. Irgendwann kehrte sie um. Morgen würde sie in die andere Richtung laufen. Bis zur Seebrücke von Sellin.

Lutz

»Deine Frau ist alleine verreist, habe ich gehört.«

»Ja, sie musste mal raus. Zwei Kinder, ein Haushalt und ein großer Garten – das ist Vollzeitbeschäftigung.«

»Ja schon, aber … Sie hat doch sonst nichts zu tun. Meine Frau steht jeden Tag vier Stunden in der Boutique und muss das andere auch alles schaffen. Und wir haben drei Kinder!«

»Tja, weißt du, Carolina legt eben Wert darauf, die Kinder nicht in irgendeine Betreuung zu geben, täglich frisch zu kochen. Sie macht Marmelade, legt unser eigenes Gemüse ein …«

»Das kann man doch kaufen. Wenn Carolina auch Geld verdienen würde, hättet ihr so viel mehr im Portemonnaie, dass ihr öfter mal essen gehen könntet. Dann hätte sie weniger Stress in der Küche.«

»Jeder, wie er mag.«

»Nicht, dass du mich falsch verstehst. Ich finde das klasse, wenn eine Frau noch die klassischen Frauenaufgaben erledigt und damit zufrieden ist. Fragt sich nur, ob sie das wirklich ist? Also, mir würde es jedenfalls zu denken geben, wenn meine Frau alleine in den Urlaub fahren würde.«

»Die Kinder haben im Moment keine Ferien. Außerdem wäre es mit den beiden keine hundertprozentige Erholung.«

»Machst du dir keine Sorgen? Du weißt schon … wegen anderer Kerle. Auf einer Insel laufen bestimmt reichlich Surfer und so Typen herum, die reihenweise Urlauberinnen flach legen.«

Lutz lachte laut auf. »Carolina ist doch kein naiver Teenager mehr. Nein, darüber muss ich mir wirklich keine Sorgen machen.«

Sellin

Zum Frühstück kostete sie von dem Obstsalat, für den sie nicht vorher Bananen, Äpfel, Orangen, Ananas und Pfirsiche kleinschneiden musste. War es nicht großartig, faul sein zu dürfen? Man musste es allerdings auch nicht übertreiben. Carolina beobachtete, wie die Mollige vom Nachbartisch einer jungen Kellnerin, vermutlich nur eine Aushilfe, Beine machte, weil ihr Platz nicht eingedeckt war.

»Wir frühstücken nun schon zum zweiten Mal hier. Ist es da zu viel verlangt, dass alles für vier Personen bereit steht? Ich meine, wir sind immer zu viert, das müssen die doch wissen.« Molli schüttelte den Kopf und zog missbilligend die Augenbrauen hoch. Sie trug an diesem Morgen weiße Leggings. Das können wirklich nur Frauen mit Top-Figur tragen, fand Carolina. Und selbst die sollten sich gut überlegen, was sie darunter anziehen …

Nach dem Obstsalat drehte sie eine weitere Runde am Buffet. Auf einem Tisch waren Cornflakes, eine Auswahl weiterer Frühstücksflocken – Carolina weigerte sich, die als Zerealien zu bezeichnen, was schließlich nichts weiter als Getreide war, oder? – Trockenfrüchte, Nüsse, Joghurt und Milch aufgebaut. Davor stand ein kleines Mädchen und reckte sich, um nach einer der Glasschüsseln zu greifen. Ohne Erfolg. Sie musste warten, bis ihre Mutter ihr half oder schneller wachsen. In beiden Fällen wäre sie vermutlich verhungert. Also kümmerte sich Carolina darum. Sie beugte sich herunter, um der Kleinen auf Augenhöhe zu begegnen.

»Guten Morgen, soll ich dir mal helfen?« Das Mädchen sah sie ängstlich an und nickte scheu. Carolina griff nach einer Schale. »Was darf es denn sein, junge Dame? Ein paar Cornflakes?« Wieder das zaghafte Nicken. »Auch ein paar Schoko-Pops?« Das Nicken wurde deutlicher, das Schüsselchen füllte sich. Als Carolina am Ende Milch dazu goss, blieb nur ein winziger Rand frei. Nie im Leben würde das Kind die Fracht zum Tisch balancieren können, ohne die Hälfte zu verschütten. »Ich mache das schon. Wo sitzt du denn?« Die Kleine sah sich suchend um, plötzlich schnellte ihre Hand mit ausgestrecktem Finger vor. »Da hinten? Das sind deine Eltern?« Nicken. »Na, dann lauf mal hin. Ich folge dir.« Carolina lächelte. Ausgerechnet der Tisch am anderen Ende des Raums. Langsam setzte sie einen Fuß vor den anderen. Bloß nichts verschütten. Das wäre total peinlich. Irgendwie hatte sie sich ein entspanntes Urlaubsfrühstück anders vorgestellt. Wenigstens erreichte sie den Platz des Mädchens unfallfrei.

»Die junge Dame brauchte ein wenig Hilfe«, erklärte sie. »Darf ich servieren?« Sie deutete eine Verbeugung an.

»Du wolltest dir nur ein bisschen holen«, hielt die Mutter der Kleinen vor, ohne Carolina auch nur zu begrüßen. »Das isst du doch niemals auf.«

»Meine Schuld. Ich habe eingefüllt.«

»Ist nett, danke«, sagte der Vater und warf ihr einen kurzen Blick zu. Wenn sie sich nicht täuschte, sollte das sogar ein Lächeln sein.

»Gern«, murmelte sie, drehte um und ging zurück zu ihrem eigenen Tisch. Ihr Kaffee war inzwischen abgeräumt worden, und sie musste sich neues Besteck organisieren. Wäre ich bloß zu Hause geblieben, dachte sie und seufzte. Dort blieb ihr Kaffee stehen, bis er Fell bekam, wenn sie ihn nicht selber wegräumte. Egal, von solchen Kleinigkeiten ließ sie sich bestimmt nicht die Laune verderben. Sie holte sich Messer und Gabel von der Servicestation und einen Teller Rührei. Einen Kaffee konnte sie später irgendwo draußen trinken. Das war ohnehin viel schöner.

Zurück im Zimmer fragte sie sich, ob es Lutz gelungen sein mochte, Lara und vor allem Morgenmuffel Konrad pünktlich aus dem Bett zu kriegen. Fragen konnte sie ihn nicht. Entweder war er im Büro, dann störte sie. Oder er war zu Hause, dann war etwas gründlich schiefgelaufen, und es war klüger, sich nicht in Erinnerung zu bringen. Außerdem war es nicht ihr Problem. An sämtlichen Tagen des Jahres, ausgenommen der Ferien und Wochenenden, war es ihr Problem, aber nicht heute. Und nicht an den nächsten Tagen. Die gehörten nur ihr! Sie schüttelte ihr Bettzeug auf und legte ihr Nachthemd zusammen. Das Zimmermädchen musste ja nicht gleich einen Schlag kriegen, wenn es hereinkam, um für Ordnung zu sorgen. Noch ein Blick in die Runde. Ja, so konnte sie ihr kleines Refugium zurücklassen. Es konnte losgehen. Sie trug einen weiten langen Rock, an dem der Wind zottelte, und eine kurzärmlige Bluse. Wieder durchquerte sie die Strandstraße. Heute hatten die Geschäfte geöffnet. Sie konnte gleich hier nach einem Enthaarungsmittel sehen und damit zurück ins Hotel gehen. Aber dann käme sie mit hoher Wahrscheinlichkeit dem Zimmermädchen in die Quere. Außerdem … was wollte sie dann mit dem ganzen langen Tag anfangen? Nein, ihr Plan war, nach Sellin zu laufen. Guter Plan, daran würde sie sich halten.

An einem kleinen Obststand leuchteten dunkelrote Kirschen mit Nektarinen um die Wette. Carolina bekam plötzlich unbändige Lust, Marmelade zu kochen. Sie musste schmunzeln. Dazu würde sie in diesem Jahr schon noch genug Gelegenheiten bekommen. Neben einem Zeitungsständer lehnte ein Mann. Ihr stockte der Atem. War das nicht Jens, Jens Kiesow, der ihr so gründlich den Kopf verdreht hatte, als sie ein Teenager mit Akne und ziemlich weltfremden Vorstellungen vom Leben gewesen war? Nein, das war er ganz sicher nicht. Ihre Fantasie spielte ihr einen Streich.

Am Strand war schon einiges los. Ein bisschen komisch kam sie sich vor, als sie vollständig bekleidet zwischen den Urlaubern in Badehosen und Bikinis hindurch spazierte, die sich alle rechtzeitig die besten Plätze in optimaler Entfernung zwischen Wasser, Toiletten und Kiosk gesichert hatten. Egal, nur ein Stück noch, dann erreichte sie ohnehin weniger belebte Strandabschnitte. Es waren noch nicht viele Menschen im Wasser. Wer schon früh da war, lag faul auf seinem Handtuch, ein paar Kinder spielten mit einem Ball, andere bauten eine Sandburg. Carolina ließ den Blick bis zum Horizont schweifen. Trotz der Sonnenbrille blendeten die Reflexe, die auf dem Wasser hüpften und funkelten. Sie sog das typische Duftgemisch aus Algen, Fisch und Salz mit einem Hauch von Sonnencreme tief in ihre Lungen. Linker Hand lag ein Grünstreifen, von Strandhafer durchzogen, der immer wieder von den schmalen Zugängen unterbrochen wurden. Carolina lief in dem ihr eigenen schnellen Tempo und merkte, wie ihr der Schweiß ausbrach. Es war ungewohnt, sich nicht beeilen zu müssen. Sie konzentrierte sich darauf, langsamer zu gehen, lauschte auf die Möwen, die über ihr in der Luft segelten. Abschnitte mit Strandkörben wechselten sich mit solchen ab, die die Besucher mit Strandmuscheln und Liegestühlen pflasterten. Dann wieder gab es welche, die nur von wenigen genutzt wurden. Nach einer guten Weile – Carolina hatte ihre Schritte wieder beschleunigt, ohne es zu merken – erreichte sie eine Biegung der Küstenlinie. Der Strand wurde immer schmaler. Dünen ragten hinein, dann sogar felsiger Boden. Zu ihrer Linken erhob sich die Steilküste. Carolina musste gründlich darauf achtgeben, wohin sie ihre Füße setzte. Dann öffnete sich der Sandstreifen unterhalb des Hochufers wieder, wurde weit, als wollte er der Selliner Seebrücke einen reinen weißen Hintergrund liefern, um sie noch besser zur Geltung zu bringen.

So schön hatte Carolina sie sich gar nicht vorgestellt. Sie ging auf die großzügige hölzerne Brücke zu, die auf blauen Säulen ruhte. Ein breiter Steg mit schlichtem Holzgeländer spannte sich über den Strand. Dort, wo die Wellen auf den Sand trafen, thronte ein weißes Gebäude, das sich aus mehreren Teilen zusammensetzte. Es gab einen hohen Mittelteil mit zwei Türmchen, links und rechts jeweils ein niedriges Gebäude als Verbindung zu den wiederum hohen viereckigen Seitenflügeln. Die Front bestand beinahe ausschließlich aus riesigen geschwungenen Sprossenfenstern. Eine Terrasse rahmte das verschnörkelte Bauwerk ein, in dem sich Gastronomie befand, wie Carolina wusste. Von innen kannte sie es nicht. Zwar war sie während ihrer Urlaube mit ihrer Mutter auch in Sellin gewesen. Mehr als einmal. Aber damals existierte nur eine einfache Brücke. Die Tanzgaststätte, die es hier einmal gegeben hatte, war abgerissen worden, bevor sie die Insel kennenlernen durfte. Diese Rekonstruktion war erst entstanden, als Carolina bereits studierte und Anna nicht mehr mit ihrer Tochter Urlaub machen wollte, weil die ihr zu unentspannt war, wie sie behauptet hatte.

Sie stieg die breiten Stufen hinauf zur Wilhelmstraße, der Hauptflaniermeile von Sellin. Rechter Hand reckte ein für ihren Geschmack deutlich zu buntes Hotel sein Türmchen in den blauen Sommerhimmel. Schade, dass man es nicht im Stil der Seebrücke in Weiß mit dunklem Dach und Sprossenfenstern gestaltet hatte. Stattdessen war es blau und schweinchenrosa und in einer erschütternden Kombination aus mediterran und Disneyland angesiedelt. Irgendwie erwartete Carolina beinahe, dass ohne Vorwarnung Musik aus Lautsprechern klirrte und eine Parade, angeführt von Mickey Mouse, aus dem Haupteingang marschierte. Glücklicherweise war das die Ausnahme. Die breite kopfsteingepflasterte Straße wurde überwiegend von Villen der Bäderarchitektur gesäumt. Carolina betrachtete die Bauten, die teilweise an Renaissancepaläste erinnerten, aber mindestens ebenso viele Elemente des Klassizismus' aufwiesen. Es war der einzigartige Stilmix, den die Bauherren mit den dicken Geldbeuteln und den höchst eigenwilligen Geschmäckern zu verantworten hatten, der sich heute Bäderarchitektur nannte. In der zweiten Hälfte des neunzehnten Jahrhunderts hatte man gezeigt, was man besaß. Die Erbauer der Villen hatten hemmungslos in sämtlichen gestalterischen Möglichkeiten geschwelgt. Da wurde Jugendstil mit Barock gemischt, Fronten wurden mit Balkonen, Säulen und Vorsprüngen aufgewertet. Das hätte gründlich danebengehen können, dachte sie, war jedoch erfreulicherweise gelungen. Mehr noch: Es verlieh den Seebädern noch heute den Charme vergangener glanzvoller Zeiten, fand Carolina. Sie konnte sich kaum sattsehen an den Putten und Reliefs, an geschwungenen Giebeln und verschnörkelten Erkern. Wie mochten diese traumhaften Häuser eingerichtet sein? Ein Schaufenster mit Schmuck zog ihre Aufmerksamkeit auf sich. Natürlich gab es Bernstein in unzähligen Variationen. Klobige, in Silber eingefasste Anhänger, winzige Steinchen, die auf modernen Ringen saßen, ein Exemplar mit einem eingeschlossenen Insekt, einer Mücke, wie es aussah. Die sticht niemanden mehr, ging Carolina durch den Kopf. Sie sah sich Uhren an, von denen eine ein so kleines Zifferblatt hatte, dass sie sich fragte, wer darauf etwas erkennen sollte. Uhren! Seit Wochen trug sie ihre Armbanduhr in der Handtasche mit sich herum, hatte es aber nie geschafft, eine neue Batterie dafür zu besorgen. Das würde sie auf der Stelle erledigen. Es ging ihr mächtig auf die Nerven, jedes Mal ihr Mobiltelefon auspacken zu müssen, wenn sie unterwegs wissen wollte, wie spät es war.

Carolina betrat das Juweliergeschäft.

»Ich bin gleich bei Ihnen«, sagte ein grauhaariger Mann, der etwa einen Kopf kleiner war als sie.

»Kein Problem, ich habe Zeit«, entgegnete sie und lächelte. »Bin schließlich im Urlaub.« Wie es aussah, hörte er ihr schon nicht mehr zu, denn er beugte sich wieder über ein Stück Papier und wollte von dem Paar, das auf der anderen Seite des Tresens stand, ein Datum wissen. Der junge Mann nannte einen Tag im Dezember. Seine Stimme war vor Aufregung belegt.

»Unsere Namen haben Sie ja schon«, meldete sich seine Verlobte zu Wort. »Gravieren Sie eigentlich unseren gemeinsamen Nachnamen, also den, den ich dann auch trage, oder schreiben Sie meinen Mädchennamen rein?«

Der Juwelier erklärte, dass gar kein Nachname zur Inschrift eines Eheringes gehörte. Carolina bekam ein ganz warmes Gefühl. Sie verfolgte das Gespräch nicht länger, sondern erinnerte sich an ihre eigene Hochzeit. Es war ebenfalls Winter gewesen. Sie hatte ein schulterfreies Kleid getragen und nach der Trauung bestimmt anderthalb Stunden auf dem Platz vor der kleinen Backsteinkirche zugebracht, ehe das riesige rote Herz mit einer Nagelschere aus dem Laken geschnitten war, ehe alle Luftballons mit guten Wünschen daran in den Himmel aufgestiegen und die von Freunden vorbereiteten Glühweinbecher geleert waren. Carolina hatte keine Sekunde gefroren. Wenn es nach ihr gegangen wäre, hätte dieser Moment nie enden sollen. Sie betrachtete das Pärchen aufmerksam, das gerade die Zahlungsmodalitäten klärte. Was für ein Leben mochte auf sie warten? Ob sie Kinder bekommen würden? Meine Güte, die junge Frau sah noch aus wie ein Mädchen. War sie überhaupt schon achtzehn? Carolina lächelte und fühlte sich auf einmal alt und weise. Dabei war sie alles andere als das. Alt vielleicht, aber sicher nicht weise. Läge sonst ihre Ehe in Trümmern?

»Blödsinn«, sagte die innere Jeannette sanft, »deine Ehe

liegt nirgends, außer vielleicht zur Wartung im Trockendock.«

Carolina dachte darüber nach, wie viel sich seit ihrer Trauung geändert hatte. Was war von ihren Gefühlen für Lutz übriggeblieben? Es war gar nicht so leicht, diese Frage zu beantworten. Sie hatte das dringende Bedürfnis, ihren Mann jetzt in den Arm zu nehmen oder wenigstens anzurufen.

»Gute Frau? Ich hätte dann Zeit für Sie«, hörte sie den Juwelier sagen. Dem Klang seiner Stimme nach zu urteilen, sprach er sie nicht zum ersten Mal an. Sie hatte gar nicht bemerkt, dass sich die zukünftigen Eheleute bereits verabschiedet hatten.

Endlich wusste sie wieder auf einen Blick, was die Stunde geschlagen hatte. Jetzt noch schnell zur Drogerie, dann konnte es aber auch richtig losgehen mit der Erholung. Ein kleines Einkaufskörbchen in der Hand streifte sie wenig später zwischen den Regalreihen umher. Von unzähligen Verpackungen starrten sie bildschöne Frauen mit voluminös toupierten Haaren, knallrot angemalten Lippen und verrucht dunkel getuschten Augen entgegen. Unbewusst fuhr sie sich durch den kinnlangen Bob, der schon ziemlich herausgewachsen war. Sie nahm sich ganz fest vor, sich in Zukunft mehr um ihr Äußeres zu kümmern. Gut, es gab Wichtigeres in diesem Leben, aber sie musste ja auch nicht gerade provozieren, dass Lutz sich irgendwann mit einer dieser Kosmetikpackungsschönheiten amüsierte. Sie griff nach einem After Sun Balsam, der Hyaluronsäure, einen verbesserten AHA-Komplex und Hydra IQ enthalten sollte. Carolina hatte nicht den Hauch einer Vorstellung davon, was das sein sollte. Schaden konnte es aber sicher nicht, immerhin ging sie stramm auf die vierzig zu. Also husch, husch ins Körbchen damit. Dann fand sie, wonach sie gesucht hatte: Kaltwachsstreifen. Herrje, welch eine Auswahl! Sie hatte früher immer Rasierer für Damen verwendet, aber dann sah sie in ein paar Tagen schon wieder aus wie ein Yeti in der Mauser. Diese Methode versprach für mindestens vier Wochen seidig glatte Haut. Das hörte sich gut an. Sie überflog die Anwendungshinweise: Mit Premiumformel … nur für Beine, Arme, Achselhöhlen und Bikinizone … nicht für Kopf- oder Genitalbereich. Ob es Menschen gab, die sich damit eine Glatze verpassen wollten, oben- und untenrum? Sie las weiter: Bei Haaren, die länger als fünf Millimeter sind, erst kürzen, um Schmerzen oder Verletzungen zu vermeiden. Verletzungen? Vielleicht sollte sie doch lieber wieder zum Rasierer greifen. Sie sah sich verstohlen um und lüpfte den Rock. Waren das mehr oder weniger als fünf Millimeter? Ach was, Probieren geht über Studieren, oder wie Konrad immer sagte: »Versuch macht kluch!« Sie erfuhr noch, dass die Haarentfernung mit Kaltwachs nicht für ältere Menschen geeignet sei, und fragte sich, wie der Hersteller wohl »älter« definierte. Da die Benutzungsanleitung sehr einfach klang, beschloss sie, dass unter vierzig noch nicht älter war, und kaufte sicherheitshalber vier Päckchen. Dann war sie am Ende nicht womöglich ein nur zur Hälfte gerupftes Huhn. Draußen schlug ihr brütende Hitze entgegen, die Sonne stand hoch am Himmel und sorgte für gleißendes Licht. Carolina setzte sich schleunigst die Sonnenbrille auf die Nase und trat den Heimweg an. Dieses Mal wählte sie den Weg oberhalb der Steilküste, wo es Wald und jede Menge Schatten gab. Von dort gelangte sie auf die Südstrandpromenade, die sie direkt nach Baabe führte. Ihr fiel wieder ein, dass sie einen Kaffee hatte trinken wollen. Allmählich meldete sich auch ein leichtes Hungergefühl. Andererseits wollte sie sich unbedingt noch heute ein Fahrrad leihen. Sie schaffte ja nichts, wenn sie ihre Zeit einfach vertrödelte. In ihrem Zimmer angekommen, schlüpfte sie voller Tatendrang aus ihren Kleidern. Also, wie funktionierte das? Wachsstreifen zwischen den Händen erwärmen, auseinanderziehen, auf die gewünschte Stelle aufbringen, mit der Haarwuchsrichtung fest andrücken und … mit Schmackes gegen die Wuchsrichtung abziehen. Au! Verdammt, tat das weh!

Carolina schrie auf und hüpfte durch das Badezimmer. Beinahe wäre sie noch auf dem Duschvorleger ausgerutscht. Sie konnte sich gerade noch am Toilettenbecken festhalten. Das konnte doch unmöglich richtig sein. Entweder waren ihre Haare zu lang, sie war zu alt oder beides gleichzeitig.

Nachdem sie sich einigermaßen beruhigt hatte, warf sie einen kritischen Blick auf ihren brennenden Unterschenkel. Kein Härchen war mehr zu sehen. Na gut, das galt natürlich nur für den soeben misshandelten Quadratzentimeter Haut. Ihr Bein sah aus wie der Rasen zu Hause, wenn sie mit dem Mäher eine Bahn bewältigt hatte. Sie strich mit den Fingerspitzen über die kleine Oase inmitten des Dschungels. Glatt. Was heißt glatt? Superglatt! Das war es wert. Beherzt bearbeitete sie im Eiltempo ihre Achseln, das, was man dann wohl als Bikinizone bezeichnete und natürlich die Beine. Die Rückseiten waren eine echte Herausforderung. Sie verdrehte sich wie eine Brezel und konnte trotzdem nicht sehen, was sie da tat. Spüren konnte sie es dafür umso besser. So, fertig! Da stand noch etwas von hinterher lauwarm und ohne Seife duschen und die ölhaltigen Pflegetücher verwenden, aber das war ohnehin nur Schnickschnack. Sie würde heute Abend sowieso duschen.

Zufrieden schlüpfte sie in ihre Caprihose, die gerade so ihre Knie bedeckte, und machte sich auf den Weg zum Fahrradverleih.

Lobbe

Sie hatte ein Kribbeln im Bauch. Okay, das war auch der Hunger, aber in erster Linie war es pure Aufregung. Nach knapp zwanzig Jahren kehrte sie nach Mönchgut zurück. Genau genommen wohnte sie auf der Halbinsel. Nicht weit von ihrem Hotel stand das Mönchgut Tor an der Stelle, wo das südöstliche Anhängsel einmal durch einen Graben vom Rest Rügens getrennt gewesen war. Carolina hatte sich ein Fahrrad geliehen und würde die Orte wiedersehen, mit denen sie so viele Erinnerungen verband. In Lobbe hatten sie immer auf dem Campingplatz Urlaub gemacht. Hier hatte sie mehr oder weniger schwimmen gelernt, woran sie sich nicht wirklich gern erinnerte, denn ihre Mutter war der Meinung gewesen, Kinder hätten einen angeborenen Instinkt, der sie zwangsläufig an die Wasseroberfläche brachte. Das stimmte wohl auch, galt aber nur ungefähr für die ersten acht Lebenswochen, nicht -jahre. Sehr viel lieber erinnerte sie sich an die Jugenddisco, die einmal in der Woche veranstaltet worden war. Und natürlich an die Clique, die sich drei oder vier Jahre in jeweils leicht veränderter Zusammensetzung traf. Am liebsten erinnerte sie sich an ihre Jugendliebe Jens.

Zunächst ließ sie Göhren und auch Lobbe links liegen und strampelte weiter bis zu dem Ort, den sie als das Ende der Welt im Kopf hatte: Klein Zicker. Eine ganze Weile hatte sie einen herrlichen Blick auf die Ostsee. Nicht weit von hier verkehrten die Schiffe zwischen Polen und Schweden.

Als sie Thiessow erreichte, war sie Usedom so nah wie sonst nirgends auf Rügen. Sie folgte einem Hinweisschild, das den Rundweg Klein Zicker und einen Aussichtspunkt ankündigte, die Dörpstrat hinauf. An einem Reetdachhaus hielt sie an. Der Vorgarten war bunt bepflanzt mit Stockrosen, die weit über die Eingangstür hinausragten, mit Akelei, Heide und Gräsern. An das Strohdach klammerte sich Hauswurz, dessen Blüten wie Miniaturbäume aus dem Kissen dicker Blätter ragten. Carolina dachte an ihren eigenen Garten. Was hätte sie in einer freien Woche alles schaffen können! Egal, ihr Garten musste auch mal ohne sie auskommen. Er hatte Omi Anna, die Grünzeug-Versteherin. Im schlimmsten Fall würde Carolina bei ihrer Rückkehr Hanf statt Holunder vorfinden, doch dafür würde die Zeit ihrer Abwesenheit wohl nicht reichen. Sie rutschte wieder auf den Sattel und fuhr die schmale Straße weiter, die direkt in das blaue Meer zu führen schien. Ja, das war tatsächlich das Ende der Welt. Das schönste Ende! Sie stellte das Rad ab und spazierte auf das Meer zu, das zu ihren Füßen unter einem perfekten Urlaubshimmel glitzerte. Es duftete köstlich nach Salz und unbeschwerten Ferientagen. Kaum zu glauben, dass dieses abgeschiedene Fleckchen noch Rügen war. Jedenfalls im Vergleich zu Sellin, wo es während der Saison so lebendig zuging und sie sich am Vormittag zwischen anderen Touristen hatte drängeln müssen. Die Ruhe hier war dagegen beinahe gespenstisch. Als sei die Insel evakuiert worden, und Carolina hatte es als Einzige nicht mitbekommen. Rechts schlängelte sich der Rundweg oberhalb der Steilküste mitten durch eine farbenprächtige Wiese, in der es nur so summte und krabbelte. Schwalben drehten unten über dem Strand ihre Runden. Sie nisteten in den lehmigen Kanten des Steilufers. Carolina hüpfte gut gelaunt die Gitterroststufen hinab. Selbst jetzt in der Hochsaison waren nur wenige Menschen am Strand. Zugegeben, wer hier ins Wasser wollte, musste große und kleine Steine überwinden, die in der Uferzone dicht an dicht lagen. Das konnte ein schwieriges und für die Fußsohlen ziemlich unangenehmes Unterfangen sein. Dafür hatte man reichlich Platz und wurde nicht gleich paniert, wenn jemand sein Handtuch ausschüttelte. Sie blinzelte gegen die Sonne und beobachtete ein junges Pärchen, das auf einer Decke lag und sich ungeniert und ziemlich stürmisch küsste. Warum auch nicht? Es gab schließlich kaum Zuschauer. Von Carolina einmal abgesehen. Sie wandte sich zur anderen Seite und dachte schon wieder an Jens. Mit ihm hatte sie mehr als einmal wild am Strand geknutscht. Was wohl aus ihm geworden war? Sie ließ den Blick über die Ostsee schweifen, dann stieg sie die Stufen wieder hinauf und ging zurück zu ihrem Rad. Sie wollte endlich Lobbe wiedersehen, wo sie den Löwenanteil ihrer Ferien verbracht hatte. Dort würde sie einkehren und etwas essen, beschloss sie.

Die Hauptstraße, die mitten durch den Ort führte, war neu gepflastert worden. Das Strandhotel, ein für die Region typischer weißer Bau mit Holzverzierungen an den Giebeln, gab es noch. Schräg gegenüber entdeckte sie ein Restaurant, an das sie sich nicht erinnern konnte. Vielleicht war es komplett neu oder zumindest völlig umgebaut. In einem verwilderten Garten direkt davor lag ein kleines Ruderboot. Sehr hübsch. Hier würde sie etwas essen. Aber vorher musste sie noch einen Blick auf den Strand werfen, an dem sie sich so manchen Sonnenbrand eingefangen und das erste Mal in ihrem Leben hatte küssen lassen. Die alten Weiden, zwischen denen der Trampelpfad über eine Wiese begann, waren gewachsen. Eine jedenfalls. Sie breitete ihre Äste so schamlos aus, dass man kaum an ihr vorbeikam.

Carolina fühlte sich wie ein Teenager. Da, wo der festgetretene Weg in weichen Sand überging, zog sie ihre Sandalen aus. Wie früher. Eine Sandburg, eine Strandmuschel, eine Familie mit Luftmatratze. Hier war etwas mehr los als in Klein Zicker, allerdings nicht erheblich. Die Bucht mit ihrer endlosen Weite strahlte Ruhe aus. Für Lara und Konrad wäre es das Paradies. Sie würden selbstvergessen buddeln und planschen, spielen und entdecken. Genau wie sie es getan hatte, als sie noch ein Kind gewesen war. In ein paar Jahren, wenn die beiden in die Pubertät kamen, würden sie sich vermutlich zu Tode langweilen. Es sei denn, sie lernten auch eine so schräge und witzige Clique kennen wie die, mit der Carolina damals herumgezogen war. Sie lächelte. Ohne die Chaotentruppe wären die Aufenthalte ziemlich zäh geworden. Das wurde ihr jetzt eigentlich erst bewusst. Denn schon früher war hier im Grunde wenig los, wenn sie es recht bedachte.

Einen Moment überließ sie sich noch ihren Gedanken an die Vergangenheit, dann meldete sich ihr Magen vernehmlich. Sie schlenderte den Weg zurück zur Straße, überquerte sie und steuerte auf das Restaurant zu, das sie sich ausgesucht hatte. »Dicke Flunder« stand in geschwungenen Buchstaben über der Eingangstür. Von innen wirkte das Gebäude deutlich älter als von außen. Die offenen Balken waren weiß gestrichen und mit blauen Streifen abgesetzt. Ein Seesack lag auf einem der tragenden massiven Hölzer, an der Wand hingen Paddel. Es gab ein bisschen zu viel Schnickschnack, fand Carolina. Buddelschiffe, eine Aalreuse, das Gebiss eines Raubfisches, ein Paar Ski. Wie passten die dazu? Zu viel, aber charmant, dachte sie und trat hinaus auf die Terrasse. Sie setzte sich an einen Tisch, von dem sie einen Blick über weite Wiesen hatte, die bis an den Großen Lobber See reichten, vermutete sie. Schönes Plätzchen! Sie seufzte zufrieden und schnappte sich die Speisekarte, die etwas speckig war. Man konnte dem Besitzer nicht vorwerfen, er sei pingelig. Also gut, dann wollte sie es auch nicht sein. Liebe Güte, hatte sie Hunger! Sie vertiefte sich in die Auswahl. Plötzlich spürte sie etwas Feuchtes an ihrem Bein. Carolina erschrak und zuckte zusammen. Neben ihr stand ein großer schwarzer

Hund mit weißen Pfoten, der ihr allem Anschein nach soeben über die Wade geleckt hatte. Jetzt sah er sie neugierig an.

»Hallo, wer bist du denn?«

»Das ist Jerry.« Carolina blickte auf und geradewegs in zwei blaue Augen, die ihr zutiefst vertraut waren. »Und ich bin …«

»Jens«, antwortete sie für ihn. »Jens Kiesow!« Carolina starrte ihn an. Sie war wahrscheinlich nur unterzuckert und hatte deshalb Wahnvorstellungen. Aber solange sie ihn auch ansah und wartete, dass er widersprechen würde, passierte nichts dergleichen. Ihr Herz klopfte, sie konnte es nicht fassen. Seit sie auf Rügen war, hatte sie immer wieder an Jens gedacht. Einige Male hatte sie sogar gemeint, ihn zu sehen, und jetzt stand er wirklich vor ihr.

»Stimmt genau.« Er runzelte irritiert die Stirn. Aha, er hatte sie also nicht erkannt. Das konnte ein gutes oder ein schlechtes Zeichen sein. »Halt, nichts sagen.« Als ob sie auch nur eine Silbe hätte herausbringen können. »Du bist Carola!« Seine Miene hellte sich auf.

»Carolina.« Überraschenderweise funktionierte ihre Stimme.

»Carolina, genau! Das gibt's ja nicht.« Sein Gesicht verzog sich zu einem Strahlen. »Mensch, ich freu mich! Komm, lass dich mal drücken.« Noch ehe sie ganz aufgestanden war, was sich mit weichen Knien auch ein bisschen schwierig gestaltete, schlang er seine Arme um sie und presste sie an sich.

»Das wird 'ne kurze Freude, wenn du mich gleich umbringst«, brachte sie keuchend hervor und lachte.

»Entschuldigung.« Er ließ sie los. Carolina betrachtete ihn aufmerksam. Seine Wangen waren ein wenig kantiger geworden und lagen ebenso wie das Kinn unter einem blonden Dreitagebart. Die Haare trug er noch immer lang. Sie waren lässig zu einem Pferdeschwanz gebunden. Eigentlich fand sie das bei Männern albern, aber Jens stand es ausgesprochen gut. Jens, ihre erste Jugendliebe. Ihre einzige, um genau zu sein.

»Wie geht es dir?«, fragte sie mehr aus Verlegenheit. Am liebsten hätte sie sofort gewusst, ob er verheiratet war und ob er Kinder hatte.

»Super, allerbest!« Er nickte und sah sie noch immer an, als halte er sie für eine Erscheinung. »Mensch, wie lange ist das her?«

»Anderes Thema«, sagte sie eilig. »Brauchst es gar nicht zu leugnen. Ich habe sehr wohl gemerkt, dass du mich nicht erkannt hast.«

»Habe ich doch«, protestierte er. Jerry hatte noch eine Weile an ihr geschnuppert, zog sich nun aber auf einen Platz mitten in einem Blumenbeet zurück. »Ich konnte es nur nicht glauben.« Sein Blick veränderte sich. »Na ja, 'n büschen verändert hast du dich schon.«

»Oh je.« Sie verzog ängstlich das Gesicht.

»Du hattest unglaublich lange Haare. Die fanden alle Jungs toll. Ich auch.«

»Ach ja? Wusste ich gar nicht.« Carolina hatte das Gefühl, dass sie rot wurde. Das war schon eine ordentliche Weile her, als ihr das zuletzt passiert war.

»Klar wusstest du das. Habe ich dir doch oft genug gesagt. Damals. Am Strand. Weißt du noch?« Seine Augen blitzten. Sie wusste noch. Nur zu gut wusste sie, woran er gerade dachte. Es war anzunehmen, dass ihre Wangen inzwischen leuchteten wie zwei reife Tomaten.

»Dieser Bob – oder wie man deinen Haarschnitt nennt – steht dir aber auch gut. Bist halt kein kleines Mädchen mehr, sondern eine attraktive Frau.«

»Dankeschön.« Er hatte sich kein bisschen verändert. Noch immer beherrschte er die Kunst des Flirtens perfekt. Noch immer waren seine Augen voller Leben und voller Gefahr. Wenn er eine Partnerin hatte, und dessen war Carolina absolut sicher, war die nicht zu beneiden. An Angeboten mangelte es ihm bestimmt nicht, und dass er die immer ablehnte, bezweifelte Carolina sehr. Ihr Magen knurrte.

»War das Jerry, oder warst du das?«

Sie lachte. »Ich fürchte, das war mein Bauch. Ich habe seit dem Frühstück nichts mehr gegessen.«

»Das können wir ändern.« Er nahm ihre Bestellung auf.

Kurz darauf war Jens mit einem Tablett wieder da, auf dem er drei Gläser balancierte. »Deine Apfelschorle und Blubberwasser zum Anstoßen«, verkündete er. Es war noch nicht einmal Abend und dazu ziemlich heiß, eigentlich kein guter Zeitpunkt, um Sekt zu trinken. Andererseits musste das Wiedersehen gefeiert werden.

Jens prostete ihr zu. »Na dann, willkommen zu Hause.« Er sah ihr tief in die Augen. Sie lächelte nur und trank. Ihr war ganz flau. Das lag entweder an ihrem leeren Magen oder an diesem Mann, für den sie mit sechzehn um ein Haar von zu Hause abgehauen wäre.

»Und du arbeitest also hier«, sagte sie und hätte sich auf der Stelle ohrfeigen können. Nee, er war auch Gast, hatte sich aber angewöhnt, sich überall selbst zu bedienen, weil er wusste, wie schlecht der Service war. Natürlich arbeitete er hier, das war ja wohl nicht zu übersehen.

»Ist mein Laden«, antwortete er.

»Oh, wie schön. Und deine Frau kocht?« Bingo, der zweite Fettnapf, in den sie mit einem Schlusssprung gehüpft war. Da hätte sie auch gleich fragen können: »Bist du vergeben, oder wollen wir da weitermachen, wo wir vor Jahren aufgehört haben?«

»Nee, ich bin nicht verheiratet.« Er schüttelte vehement den Kopf. »Is nich mein Ding dieses ganze Theater mit feinem Zwirn, Luftballons steigen lassen, zusammen eine Torte anschneiden und dem ganzen Kram. Nee, echt nicht.« Sie sah verstohlen auf ihre rechte Hand und bekam einen Schreck. Ihr Ehering war nicht da. Sofort fiel es ihr ein. Sie hatte ihn abgelegt, als sie mit den klebrigen Wachsstreifen hantiert hatte. Wenn das keine günstige Laune des Schicksals war! Er schnappte sich einen Stuhl, drehte ihn mit einer geschmeidigen Bewegung um, so dass die Lehne zu Carolina zeigte, und setzte sich breitbeinig. »Unabhängigkeit ist mir noch immer total wichtig. Ich würde mich nie so fest binden, dass ich keine Luft mehr kriege. Der Einzige, der mich an die Leine kriegt, ist Jerry.« Er lachte.

»Mit einem Restaurant bist du aber auch nicht ganz ungebunden, oder? Ich meine, gerade während der Saison hast du bestimmt jede Menge zu tun und kannst auch nicht einfach machen, was du willst.«

»Stimmt schon.« Hinter Carolina schepperte es. Jens sprang auf. »Ey, dat gifft gleich wat an die Rüsstüten!« Sie sah sich um. Zwei Jungen, die auf dem Parkplatz, der an die Terrasse des Restaurants grenzte, Fußball spielten, hatten offenbar einen Strandkorb getroffen. Sie machten sich schleunigst davon. »Guter Schuss.« Er grinste breit. »Aber das darfst du denen nicht sagen, dann ballern die dir demnächst deine Gäste über den Haufen.« Er trank einen Schluck. An einem Tisch nahm ein älteres Paar Platz. Jens machte keine Anstalten, sich um sie zu kümmern. »Was ist mit dir, bist du verheiratet?«

»Ich?« Sie lachte überrascht auf. »Du sagtest doch gerade, dass Heiraten total spießig ist. Hältst du mich etwa für spießig?« Was sollte das denn jetzt? Schön, sie trug keinen Ehering und konnte flunkern. Aber wozu sollte das gut sein?

»Bei Frauen ist das etwas anderes. Erst seid ihr wild …« Er fand, sie war früher wild. Schönes Kompliment. »Wobei … du warst irgendwie schon immer brav. Sehr süß, aber brav.« Wieder funkelten seine Augen. Carolina trank einen großen Schluck Sekt. Wenn sie nicht bald etwas zu essen bekäme, war sie betrunken. Selbst im nüchternen Zustand wusste sie nicht, wohin das hier führte. »Deine

Mutter war eine echt Wilde«, meinte er, als habe er sich gerade wieder an sie erinnert. »Wie geht es ihr?«

»Gut, ooh ja, ihr geht es gut.« Fast hätte sie sie Omi Anna genannt. »Musst du dich nicht um deine Gäste kümmern?« Sie deutete mit einer unauffälligen Kopfbewegung zu dem älteren Paar, das noch nicht einmal eine Speisekarte bekommen hatte.

»Okay, und dann kann ich auch gleich mal sehen, was dein Essen macht.«

Nachdem Jens die Bestellung seiner weiteren Gäste aufgenommen und ihr Scholle mit Kartoffelsalat serviert hatte, setzte er sich wieder zu ihr. Die Restaurantterrasse füllte sich allmählich, doch das beeindruckte ihn nicht. Ein junges Mädchen, vielleicht eine Studentin, die sich in den Semesterferien ein paar Euro verdienen wollte, lief dafür umso eiliger hin und her und kümmerte sich um alles gleichzeitig. Carolina hatte ein schlechtes Gewissen.

»Du musst wirklich nicht die ganze Zeit bei mir sitzen. Ich meine, es ist schön, mal wieder mit dir zu plaudern, aber mir ist klar, dass du dich auch um deine anderen Kunden kümmern musst.«

Er sah sich um. »Wieso? Läuft doch alles.«

Sie wollte Einspruch erheben, weil sie es nicht richtig fand, entschied sich dann aber dagegen. Es war schließlich nicht ihr Problem. Jens war erwachsen. Zumindest laut Personalausweis. Er musste wissen, was er tat. Warum sollte sie nicht genießen, dass sie sich noch immer so gut verstanden wie vor zwanzig Jahren?

»Nun erzähl aber endlich mal: Was machst du so?« Er legte die Arme auf die Stuhllehne, sah sie erwartungsvoll an, ließ sie aber nicht zu Wort kommen. »Bei dir könnte ich mir total gut vorstellen, dass du zwei süße Kinder hast, biodynamisches Gemüse anbaust und so gute Kuchen backst, dass die Mütter der gesamten Umgebung dich dafür hassen.«

»Falsch!« Wenigstens für den letzten Punkt traf das zu.

Ihre Kuchen verunglückten jedes Mal, so dass sie ihnen mit einer extra dicken Schicht Schokoglasur oder Puderzucker zu einem wenigstens einigermaßen appetitlichen Äußeren verhelfen musste. »Und wenn … was wäre so schlimm daran, Gemüse anzubauen? Das ist total angesagt. Und du hast doch immer gesagt, Unabhängigkeit ist das Wichtigste überhaupt. Wie waren deine Worte noch?« Sie überlegte kurz und zitierte ihn dann: »Wir müssen lernen, autark zu leben, einfach und unabhängig von den ganzen beschissenen Konsumzwängen.« Sie sah ihn herausfordernd an.

»Punkt für dich«, entgegnete er und lachte sie an. »Dabei bin ich heute total abhängig vom Konsum anderer.« Er verdrehte die Augen. »Und du, was machst du jetzt? Hast du einen Garten oder nicht?«

»Ja, ich habe einen. Aber nur so nebenbei.« Sie dachte daran, welche Ausmaße allein das Gemüsebeet inzwischen angenommen hatte. »Ich habe Innenarchitektur studiert«, erzählte sie schnell.

»Echt? Cool! Das ist ja interessant.« Er sprang auf. »Ich hole uns noch einen Sekt.«

Weg war er.

Als er mit den Gläsern zurückkehrte, winkte ein Mann, der allein an einem Tisch saß, nach ihm. »Hallo!«

»Kleinen Moment, kommt gleich jemand«, rief Jens ihm zu und machte es sich wieder bequem. Carolina sah, dass der Gast den Kopf schüttelte. Der kam bestimmt kein zweites Mal her. Ihr sollte es herzlich egal sein. Es war einfach wunderbar, nicht allein hier zu hocken. Und es war herrlich aufregend, mit ihrer Jugendliebe zu quatschen.

»Hast du eigentlich noch Kontakt zu den Chaoten von damals?«, wollte er wissen. »Zu Axel oder Kathi?«

Sie schüttelte den Kopf. »Ich glaube, ich habe nicht einmal mehr die alten Adressen.«

Sie ließen all die gemeinsamen Abenteuer wieder aufleben, die sie damals erlebt hatten. Wie etwa den Ausflug mit einem undichten Schlauchboot. Als sie gemerkt hatten, dass sie Luft verloren, hatte die Strömung sie schon ziemlich weit rausgetrieben.

»Gott, ja, ich hatte schon mit dem Leben abgeschlossen.« Carolina lachte.

»Ach was, wir konnten doch alle schwimmen. Aber wir waren echt weit draußen.« Er legte eine Hand auf ihren Arm. »Viel heftiger war unser Grillabend. Weißt du noch?«

»Wie könnte ich den vergessen? Ich denke heute noch immer dran, wenn wir … wenn ich mit Freunden grille.« Sie hatten aus Metallbügeln und dem Rost, den irgendjemand aus dem Ofen der Ferienwohnung stibitzt hatte, einen Grill gebaut, den sie zu allem Überfluss in den weichen Sand am Strand gestellt hatten. Es kam, wie es kommen musste. Die Konstruktion brach in sich zusammen, brennende Holzscheite flogen, und Funken veranstalteten ein kleines Feuerwerk.

»Angie hat immer wieder gesagt: Das sieht so schön aus! Dabei hatte ihre Tunika schon Feuer gefangen. Sie hat es gar nicht gemerkt.« Er schüttelte den Kopf und sah jetzt sehr ernst aus.

»Typisch! Sie war ja immer so … na ja, als ob sie in ihrer eigenen Welt lebt«, formulierte Carolina nachdenklich. »Du hast dich auf sie geworfen und die Flammen im Sand erstickt. Ich möchte mir gar nicht vorstellen, was passiert wäre, wenn du nicht so schnell reagiert hättest.«

»Hab ich aber.« Jetzt schmunzelte er wieder. »Angie lebt übrigens noch immer in ihrer eigenen Welt, wie du es nennst.«

»Ihr habt noch Kontakt?«

»Ja, stell dir vor, sie ist auf Rügen hängengeblieben.«

»Nein, das gibt's ja nicht. Woher kam sie ursprünglich noch?«

»Berlin.«

»Ja, stimmt. Und jetzt lebt sie auf Rügen? Seit wann?«

»Schon ewig. Zwölf Jahre bestimmt. Sie ist Künstlerin oben am Kap, malt und macht Skulpturen. Richtig cool.«

»Kann man ihre Sachen irgendwo sehen? Das würde mich interessieren.«

»Logisch. Wir fahren zusammen hoch. Wie lange bleibst du überhaupt?«

»Eine Woche.«

»Puh, das ist kurz. Na ja, ich kenne das. Die Leute haben keine Zeit mehr für richtigen Urlaub. Wohnst du wenigstens wieder auf dem Campingplatz, so wie früher?«

»Nein, ich glaube, aus dem Alter bin ich raus. Das kannst du meinetwegen spießig finden.«

Er lachte. »Nee, is schon klar. Zu einer Innenarchitektin würde das irgendwie nicht passen.«

Sie erinnerten sich an Axel, der sich immer mit Tiroler Nussöl eingerieben und ein spezielles Fett um den Mund geschmiert hatte, damit er extra braun wurde und besonders rosa Lippen hatte. Kathi hatte in jedem Urlaub mindestens drei Sonnenbrillen gebraucht, weil sie eine irgendwo vergaß, eine in den Sand legte und prompt drauf trat und wenigstens eine weitere unterwegs verlor. Dann war da noch Ingo. Meine Güte, wie lange hatte sie nicht mehr an Ingo gedacht! Er war der Zappelphilipp der Truppe gewesen. Nicht eine Sekunde hatte er still sein können, ständig nervte er alle, weil er unentwegt redete, sang oder kicherte. Kein Witz dieser Welt war vor ihm sicher. Es gelang ihm, wirklich jede Pointe zu versauen. Trotzdem erzählte er locker ein Dutzend Witze pro Stunde. Furchtbar! Erst im letzten Jahr auf Rügen hatten sie erfahren, dass sein Vater jahrelang von depressiven Schüben in cholerische Phasen gefallen war und sich im heimischen Wohnzimmer erhängt hatte. Es war Ingos zwölfter Geburtstag gewesen, und er hatte es morgens im Bett nicht mehr ausgehalten, weil er so neugierig gewesen war, was er wohl geschenkt bekam. Deshalb hatte er sich auf Zehenspitzen nach unten geschlichen und seinen Vater gefunden …

Welch ein merkwürdiges, aufwühlendes Erlebnis, sich gemeinsam an all die alten Geschichten zu erinnern!

Als es dunkel wurde und der Wind auffrischte, verabschiedete sich Carolina zum ersten Mal. Im Gastraum waren nur noch zwei Tische besetzt, Jens' Mitarbeiterin, Kunststudentin Dorothee, wie Carolina inzwischen wusste, hockte müde hinter dem Tresen und wartete darauf, dass Carolina endlich zahlen und gehen würde.

»Einen Absacker nehmen wir noch«, stellte Jens bestimmt fest und führte Carolina zur Bar. »Machst du uns zwei Tequila, bitte?«

»Lieber nicht«, widersprach Carolina. »Ich muss noch mit dem Rad bis nach Baabe.« Sie hatte ewig keinen Tequila mehr getrunken. Wahrscheinlich bekam sie ihn gar nicht mehr runter. Jedenfalls hatte sie ihn ziemlich scheußlich in Erinnerung. Sie hatte das Ritual mit dem Salz und der Zitrone als junges Ding nur mitgemacht, um bei Jens zu punkten.

»Ist doch nicht weit.«

»Zum Wohl«, sagte Dorothee und schob zwei Schnapsgläser, einen Salzstreuer und eine Untertasse mit zwei Zitronenvierteln über das fleckige Holz des Tresens.

»Auf unser Wiedersehen!« Jens sah ihr tief in die Augen.

»Darauf trinken wir«, antwortete Carolina fest, ohne seinem Blick auszuweichen. Salz auf die Kuhle zwischen Daumen und Zeigefinger, Glas in die andere Hand, Salz ablecken, Tequila hinterher und schnell in die Zitrone beißen. Carolinas Rachen brannte, als hätte sie ein angezündetes Streichholz verschluckt.

»Angie haut zehn davon weg, ohne mit der Wimper zu zucken«, erzählte Jens. Das schien ihn tatsächlich noch immer zu beeindrucken. Überhaupt war nicht zu übersehen, wie begeistert er von der alten Freundin war, von ihrem wilden Leben. »Die macht echt, was sie will. Und zwar nur das. Worauf sie keine Lust hat, das macht sie auch nicht. Keine Chance. 'Ne echt coole Frau.« Seine Begeisterung gefiel Carolina ganz und gar nicht. War sie etwa eifersüchtig? Sie musste über sich selbst lächeln. »Du bist übrigens auch ziemlich cool, finde ich.« Das gefiel ihr schon besser.

»Ach ja?«

»Klar! Hast einen interessanten Job, fährst allein in den Urlaub, siehst richtig gut aus. Du machst Sport, oder?«

»Triathlon.« Sie sah die Bewunderung in seinem Blick und bekam ein schlechtes Gewissen. Es ist mal genug mit der Schummelei. »Habe ich mal gemacht. Jetzt mache ich nicht mehr so viel. Keine Zeit.« Sie lächelte beinahe entschuldigend.

»So eine Topfigur kriegen die wenigsten geschenkt, dafür muss man etwas tun. Finde ich super.« Er ließ seinen Blick langsam über ihren Körper gleiten.

Es kribbelte auf ihrer Haut. Die Begegnung mit Jens war genauso elektrisierend wie damals. Aber in diesem Fall war es nicht Jens, sondern anscheinend ein Haar, das das Kitzeln verursachte. Es hing vermutlich im Stoff ihres Shirts. Carolina versuchte, sich unauffällig zu bewegen, in der Hoffnung, es würde von alleine den Weg nach draußen finden. Sie hasste dieses irritierende Gefühl.

»Du hast ein Haar im Ausschnitt.«

Carolina starrte ihn an. »Woher …?«

»Du hast das früher schon gehasst und immer die komischsten Verrenkungen gemacht, um es loszuwerden. Einmal hast du dir sogar in den Ausschnitt gegriffen.«

»Das weißt du noch?« Nicht zu fassen. Sie war nun seit gut zwölf Jahren mit Lutz verheiratet und würde jede Wette eingehen, dass ihm das bis heute nicht aufgefallen war.

»Ich habe nichts vergessen«, sagte er und sah sie dabei aus seinen blauen Augen an, als würde er noch immer etwas für sie empfinden. Carolina bekam einen trockenen Mund.

»Tatsächlich?« Sie lachte. Bloß nichts drauf einbilden! Er hatte es schon immer verstanden, Komplimente zu machen, um nicht zu sagen ganze Wälder von Süßholz zu raspeln. Immerhin tat er das auf sehr charmante Weise und hatte von dieser Begabung bis heute nichts eingebüßt, was Carolina ausgesprochen guttat. Endlich mal wieder ein Mann, der sie als Person, als weibliche Person wahrnahm. Noch dazu ein sehr attraktiver Mann. Ein attraktiver Mann, der gerade seinen Finger auf ihre Hand legte und anscheinend gedankenverloren über ihre Haut bis hinauf zur Armbeuge fuhr, als sei es das Normalste der Welt.

»Tja, ich muss dann auch los«, platzte Carolina etwas zu laut heraus, als er die Stelle erreicht hatte, an der bei ihr der Schalter für den Rest ihres Körpers saß.

»Okay. Aber wir sehen uns doch morgen wieder.«

»Morgen? Warte mal …« Nur nicht gleich ja sagen. Sollte er ruhig denken, dass sie sich wunderbar alleine beschäftigen konnte und schon eine Reihe Pläne für ihren Urlaub gemacht hatte. Hatte sie auch. »Mist! Ich habe mich für morgen für die Vilm-Tour angemeldet.«

»Is doch kein Problem. Da bist du mittags sowieso wieder da.« Sie sah auf die Uhr. Gleich zwei. Verdammt, und sie musste früh aufstehen. »Sagen wir um halb drei hier?«

»Ja, warum nicht? Also dann …« Sollte sie ihn in den Arm nehmen? Nein, lieber einen souveränen Abgang. »Danke für den Sekt und den Absacker«, rief sie, winkte ihm lässig zu und wandte sich zum Gehen.

»Gute Nacht. Oh, hast du dich verletzt?«

»Nein, wieso?«

»Ich dachte nur.« Er deutete auf ihre Wade. »Weil du da so ein großes Pflaster hast.«

Sie verdrehte sich, um die Rückseite ihres Beines sehen zu können. Gott, wie peinlich, da klebte ein breiter rosa Fladen Wachs! Irgendwie hatte der eine Haarentfernungsstreifen auch so komisch ausgesehen, nachdem sie ihn von der Haut gezupft hatte …

Vilm

Geschafft! Carolina war pünktlich am Hafen von Lauterbach. Gott sei Dank! Wie ärgerlich wäre das denn gewesen, wenn sie ihren Ausflug verpasst hätte? Hatte sie aber nicht. Sie beäugte vorsichtig die anderen Touristen, die ebenfalls gebucht hatten. Sahen alle ganz normal aus. Keine speziellen Wanderschuhe mit Schnürung bis unter die Achseln, keine Anzeichen einer Survival-Ausrüstung. Ihre Unsicherheit fiel von ihr ab. Das Schiffchen wiegte sich sanft auf und nieder, auf der anderen Seite des Hafenbeckens waren Segelboote in zwei Reihen vertäut. Es gab eine Werft und vier oder fünf Buden, in denen eine Eisdiele, ein Kiosk, ein Imbiss und Souvenirläden untergebracht waren. Hier standen derbe Holzbänke an passenden Tischen, dort Plastikstühle und ein Stück weiter Strandkörbe. Von einem Kutter, der bestimmt nicht mehr selbst rausfuhr, duftete es köstlich nach frisch geräuchertem Fisch. Unter gewöhnlichen Umständen hätte Carolina auf der Stelle Appetit bekommen. Zumal ihr Frühstück eher spärlich ausgefallen war, weil sie es mehr oder weniger im Galopp zu sich genommen hatte. Doch an diesem Morgen machte sich bei dem Geruch ein flaues Gefühl in ihrem Magen breit. Der Alkohol mochte eine nicht unbedeutende Rolle spielen. Sie hatte noch nie viel vertragen und seit der ersten Schwangerschaft nicht mehr viel mehr getrunken als ein Gläschen Wein am Abend. Aber das war nicht alles. Ihre innere Hildegard saß wie ein Gnom in ihrem Schädel und fragte dauernd entrüstet, wie sie ihren Ehemann hatte verleugnen und ihre Kinder verschweigen können. Zwar gab es da auch die innere Jeannette, die sie beruhigte.

»Es geht doch nichts über einen harmlosen Urlaubsflirt, und der Abend war nun wirklich harmlos«, säuselte die. »Außerdem ist Jens ein alter Bekannter. Mit dem darf man doch wohl in Erinnerungen schwelgen.« Doch so ganz ließ sich der Schatten dadurch nicht vertreiben, der auf ihrem Gemüt lag.

Ein Segelschiff zog ihre Aufmerksamkeit auf sich. Der Rumpf war nicht aus Kunststoff, wie bei modernen Booten üblich, sondern aus Holz gemacht. Verzierungen an der Reling und am Bug ließen sie vermuten, dass es sich um Handarbeit handelte. Ein altes Schiff, wie es aussah. Im Fenster des Steuerhauses hing ein Schild: »Mitsegel-Interessenten für Tagestouren oder Langzeitfahrten gesucht. Anrufen unter …« Carolina stellte sich vor, wie es wäre, so frei zu sein, dass man ein solches Angebot einfach spontan annehmen konnte. Einfach so. Ohne lange nachzudenken. Für sie war ja schon ein Urlaub auf Rügen eine große Sache. Wie würde es sich anfühlen, auf Langzeitfahrt zu gehen? Würde sie das überhaupt wollen? Eher nicht. Sie liebte ihre Kinder, ihren Mann und im Grunde ihr ganzes Leben. Andererseits … Ein bisschen Veränderung wäre gar nicht schlecht. Jetzt hatte sie Zeit, gründlich darüber nachzudenken.

Alles einsteigen! Es ging los. Einer nach dem anderen bezahlte den Fahrpreis und kletterte an Bord. Im Schiffsbauch, der mit Stahlplatten und Holz ausgekleidet war, standen in der Mitte zwei Stuhlreihen Rücken an Rücken, gegenüber war jeweils eine gepolsterte Bank angebracht. Die Wände inklusive der Schweißnähte und der vielen großen Schrauben verschwanden unter einer dicken Farbschicht in hellem Ocker. Der Diesel sprang an, ein Vibrieren ging durch den kleinen Kahn, und eine schwarze stinkende Wolke wehte herein. Sie drehten und ließen den Hafen von Lauterbach rasch hinter sich. Die meisten Passagiere verließen nach wenigen Minuten ihre Plätze und gingen die vier Metallstufen wieder hinauf an Deck. Die *Julchen* hüpfte munter über die kabbelige See, Wellen überschlugen sich und sprühten feine Fontänen in die Luft, es gluckste und klatschte nass an die Schiffswand. Carolina blieb im Inneren sitzen. Sie war ganz benommen von einer zu kurzen Nacht und einer Aufbruchstimmung, die sie ergriffen hatte, seit sie das Wort *Langzeitfahrt* gelesen hatte. Ja, sie würde etwas verändern. Auf Dauer. Das war trotz einer Familie möglich, nur hatte sie sich nie ernsthaft Gedanken darüber gemacht. Sie hatte Jens erzählt, sie sei Innenarchitektin. Da war natürlich auch etwas dran, immerhin hatte sie ihr Studium abgeschlossen. Erfahrungen gesammelt hatte sie in dem Beruf so gut wie keine. Seine Reaktion hatte ihr gefallen. Auch andere Menschen würden sich mehr für sie interessieren, wenn sie nicht nur Hausfrau und Mutter war, überlegte sie. Eine schöne Vorstellung. Sie ließ ihren Blick zu einem Gestell mit Postkarten schweifen. Daneben hing ein gusseisernes Schild.

»Ogen op. Hol rechten Kors.
Sonst supst du aff. Und bist im Mors!«

Sie verstand nicht viel Platt, aber dafür reichte es gerade. Carolina seufzte. Augen auf, Kurs halten … Wenn es nur immer so einfach wäre.

Die Fahrt zum Vilm – man sagte der Vilm, was aus dem Slawischen kam und so viel wie Ulmenhain hieß, wie sie gleich bei der Ankunft lernte – dauerte nicht lange. Am Anleger wäre Carolina und den anderen Mitfahrern nichts aufgefallen, hätte Inselführer Pit sie nicht darauf aufmerksam gemacht.

»Eine unserer Sturmmöwendamen hat Nachwuchs. Wenn Sie einmal ganz genau hinsehen, können Sie die beiden Jungen erkennen.« Er deutete auf die graue Kaimauer, die schon bessere Tage erlebt hatte. Aus breiten Fugen, aus denen Beton gebröselt war, wuchsen Klee und Melde. Daneben kauerten die beiden Federbällchen, deren Gefieder nahezu die gleiche Farbe hatte wie der Untergrund. Nur die dunklen Flecken an den Köpfen und die vorstehenden Schnäbel verrieten die vier Tage alten Möwen. Die Touristen gaben Laute der Verzückung von sich und griffen so synchron zu ihren Fotoapparaten, dass man meinen konnte, sie seien alle einem geheimen Signal gefolgt.

»Tun Sie mir bitte einen Gefallen, und gehen Sie nicht näher ran«, warnte Pit. »Sturmmöwen sind zwar keine Löwen, verteidigen ihre Jungen aber mit ebenso mutigem Herzen.« Er hatte es noch gar nicht ganz ausgesprochen, da pirschte sich ein Mann mit Spiegelreflexkamera heran, für die er Wechselobjektive in einer Tasche mitschleppte. Er blickte sich kurz um, ob Mama Löwenherz zu sehen war, konnte aber nichts Beunruhigendes entdecken und wagte sich einen weiteren Schritt heran. Pit zog missbilligend die Augenbrauen hoch, sagte aber nichts mehr. Ein Schrittchen noch. Carolina fragte sich, wofür er eine solche Ausrüstung durch die Gegend trug, wenn er dann doch mit seinem Motiv auf Tuchfühlung gehen musste. Mit einem Mal hörten sie ein Kreischen in der Luft. Mama Möwe war zur Stelle. Der Fotograf hatte den Bogen überspannt und bekam es mit ihr zu tun. Ohne weitere Vorwarnung stieß sie aus nicht unerheblicher Höhe hinab und sauste dem aufdringlichen Kerl durch die Haare.

»Au! Blödes Vieh!«, schimpfte der Attackierte.

»Hatte ich nicht erwähnt, dass Sturmmöwen ihren Nachwuchs stürmisch verteidigen?«, fragte Pit. Er klang ein wenig erschöpft. »Wenn Sie genug Abstand halten, ist die Mutter auch friedlich, und Sie können die Küken in Ruhe betrachten.«

Der Fotograf hatte zwar einen Satz zurück gemacht, doch noch ließ die Möwe längst nicht von ihm ab. Wieder und wieder umkreiste sie seinen Kopf, flog so dicht, dass sie ihre Krallen durch seinen Schopf ziehen konnte.

»Von wegen friedlich«, schimpfte der. »Das ist ein Raubvogel!«

»Bevor es losgeht, muss ich Sie noch darauf hinweisen, dass Sie auf eigene Gefahr auf dem Vilm sind. Wir haften nicht für Schäden, gleich welcher Art sie sind.« Er griente breit. »Tja, ich schlage vor, wir machen uns dann mal auf den Weg.«

Die kleine Gruppe setzte sich in Bewegung. Dem Foto-Profi saß der Schreck noch immer sichtbar in den Knochen. Zwar hatte Mama Möwe längst Abstand genommen, trotzdem ließ er noch einige Male seine Fototasche mit Schwung über seinem Kopf kreisen. Nur zur Sicherheit. Man konnte ja nie wissen. Carolina hatte vollstes Verständnis für das Tier. Wenn jemand ihren Kindern bedrohlich nahe käme, würde sie auch zum Angriff blasen.

Auf asphaltierten rissigen Wegen, durch die das Unkraut stieß, ging es zu einer kleinen Siedlung, die aus vielleicht zehn Gebäuden, größtenteils hübsche, kleine, gelb getünchte Häuser mit Strohdach, bestand. Obwohl das einstige Ferienheim des DDR-Ministerrates heute von Forschern des Bundesamtes für Naturschutz genutzt wurde, wie Pit ihnen erzählte, wirkte es ausgestorben. Er führte weiter aus, wer schon alles zu Gast gewesen sei, Erich Honecker und Frau inklusive, welche Sonderwünsche die Politprominenz gehabt und wo sie gefeiert hatte. Alles ein bisschen surreal, fand Carolina. Dann ging es endlich in die Vilmer Wildnis. Am Eingang zu dem Rundweg warnte ein Schild vor dem Risiko erheblicher Gesundheits- und Sachschäden, da an diesem Ort nicht in die Natur eingegriffen würde. Meist waren die Gesundheitsschäden größer, wenn in die Natur eingegriffen wurde, ging ihr durch den Kopf.

Der zunächst schmale Pfad führte vorbei an Rotbuchen und Stieleichen. Wie lange hatte sie schon nicht mehr weichen Waldboden unter ihren Füßen gespürt? Nicht, dass sie nicht mit den Kindern in den Wald gehen würde. Aber dann waren ihre Sinne ganz auf Lara und Konrad gerichtet. Aufpassen, dass sie keinen Unsinn machten, nichts anfassten, was zu unangenehmen Reaktionen führen oder tagelang bestialisch stinken würde. Aufmerksam machen auf frische Reh- oder Hasenspuren. Das hier war anders. Carolina nahm intensiv wahr, wie sich der Boden unter ihren Sohlen anfühlte, sie atmete bewusst die Duftmischung aus Erde und Ostsee ein, sie bemerkte ein angenehmes Lüftchen, das über ihre nackten Arme streichelte, die eben noch von der stechenden Sonne erhitzt worden waren. Sie war ganz bei sich. Ohne sich um irgendetwas oder irgendjemanden kümmern zu müssen, folgte sie Pit und den anderen eine kleine Anhöhe hinauf. Von dort hatte man einen fantastischen Blick auf die Bucht. Es ging vorbei an Totholz, dessen bizarre Form ihre Fantasie beflügelte. An einem Baum mit sonderbaren Beulen, die an Geschwüre erinnerten, machte Pit Rast.

»Das ist eine sogenannte Frostleiste«, erklärte er und verriet, wie sie hatte entstehen können. Was Carolina viel mehr beeindruckte, war das Alter des Baumes. Vierhundert Jahre hatte die Stieleiche bereits auf der Rinde. Und sie war noch nicht einmal das älteste Exemplar der kleinen Insel. Ein Baum mit einem Ast, der einem lächelnden Elefanten mit extra langem Rüssel glich, war sogar fünfhundert Jahre alt, schätzte man. Sie konnte sich gar nicht satt sehen an all den Kunstwerken der Natur. Hier ein knorriges Geäst, dort ein umgestürzter Stamm mit weichem Wellenmuster. Schließlich sogar einer, von dem nur noch die Außenhaut stand. Pit forderte ein kleines Mädchen auf, das einzige Kind, das an der Exkursion teilnahm, in die Höhle zu steigen, die die alte Buche bildete.

»Na, wäre das nicht eine schöne Ferienwohnung für

dich?«, scherzte er. »Du kannst gerne hier bleiben. Deine Eltern fahren wieder nach Rügen, aber ich komme dich mit der nächsten Gruppe besuchen.« Er lächelte ihr freundlich zu, doch die Kleine huschte sicherheitshalber schnell zu ihrer Mutter zurück und verkrümelte sich hinter deren Rücken.

Carolina griff zum ersten Mal zu ihrem kleinen alten Fotoapparat. Man müsste Wohnungen oder wenigstens einzelne Räume tatsächlich einrichten, als wäre man draußen in der Natur, schoss ihr plötzlich durch den Kopf. Sie wurde immer aufgeregter, knipste eine Aufnahme nach der anderen. Sie wusste noch nicht wie – geschweige denn, bei welcher Gelegenheit –, doch sie würde einen völlig neuen Einrichtungsstil kreieren. *Wohnen wie im Freien – by Carolina Fuchs*. Das war ihr Mädchenname. Wieso …? Er passte einfach besser zu dem Stil, der sie berühmt machen würde, als Carolina Herrmann, entschied sie.

Viel zu schnell waren sie zurück in der Siedlung und gleich darauf am Anleger. Sie wäre liebend gern noch weiter durch die unberührte, unfassbar schöne und wilde Landschaft gelaufen. Am liebsten allein. Andererseits hatte Carolina mit einem Mal unbändige Lust, Entwürfe zu zeichnen. Wovon auch immer. Das war gleichgültig. Nur endlich wieder kreativ arbeiten! Sie würde sich sofort einen Skizzenblock und Bleistifte besorgen. Ihr fiel ein, dass sie mit Jens verabredet war, und sie ärgerte sich beinahe ein bisschen darüber, dass sie zugesagt hatte.

Strandzauber I

Carolina hatte nahezu alles einmal an- und gleich wieder ausgezogen, was sie im Schrank hatte. Weil sie dann spät dran war, musste sie die Klamotten auch noch auf ihrem Bett liegen lassen. Es sah aus wie in einer Räuberhöhle oder einfach wie bei Lara, wenn sie mal wieder Modenschau gespielt hatte. Egal, das Zimmermädchen hatte bereits sauber gemacht und würde nicht vom Schlag getroffen werden. Ein letztes Mal sah Carolina an sich herunter. Arme und Beine waren von der Sonne gerötet. Sie trug ein luftiges Sommerkleid, das ihre Taille vorteilhaft umspielte und in einem weiten hauchzarten Rock endete. Keine Ahnung, ob sie etwas unternehmen würden. Wenn sie es recht bedachte, hatte sie keine Lust, wieder nur in Jens' Restaurant zu sitzen. Aber womöglich würde er sich für sie frei nehmen. Am Tag zuvor war er Dorothee auch keine Hilfe gewesen, also konnte er auch gleich blau machen.

Sie betrat die *Dicke Flunder*. Ihr war gestern gar nicht aufgefallen, wie düster es war. Jedenfalls im Vergleich zu dem hellen Sonnentag da draußen. Viel war nicht los. Das Mittagsgeschäft war wohl schon gelaufen, und Kuchen war nicht im Angebot. Jerry kam ihr schwanzwedelnd entgegen.

»Na, wo ist Herrchen?« Sie beugte sich ein Stück herunter und ließ den großen Hund an ihrer Hand schnüffeln.

»Bin gleich da!«, rief Jens von irgendwo hinter dem Tresen. Vielleicht brachte er die Küche vor dem Abendansturm noch in Schuss. Wie versprochen erschien er im nächsten Moment. Er trug eine blaue Latzhose, die seinen nackten Oberkörper eher betonte als verbarg, und die Haare offen. So stellte man sich wohl einen Surfer vor. Wenn er das Outfit durch einen Wollpulli ergänzen würde, ginge er außerdem als Skilehrer durch. Nicht, dass sie Vorurteile gehabt hätte, aber es gab eben Prototypen. Jens war so einer.

»Hübsch siehst du aus.« Er sah an ihr herunter, legte eine Hand auf ihren Arm und hauchte ihr einen Kuss auf die Wange. »Dann kann's ja losgehen! Hast du ein Handtuch mit, oder teilen wir uns meins?« Er beobachtete sie belustigt.

»Nö, nicht nötig, ich hab eins mit.« Sie strahlte. Gleichzeitig sandte sie ein Dankgebet gen Himmel, dass sie sich strandtauglich ausgerüstet hatte. »Du hast frei?«, wollte sie wissen, als sie die Straße überquerten und den alten Weg zwischen den Weiden hindurch zur Ostsee liefen. Genau wie früher.

»Was denkst du denn? Wenn meine alte Freundin Carolina schon mal hier ist, nehme ich mir doch wohl Zeit.« Der Wind spielte mit seinem blonden Haar. Benommen stolperte sie hinter ihm her.

Wie schon am Vortag war nicht viel los. Ein paar Familien, Pärchen, wenige, die sich allein in der Sonne entspannten.

»Wir gehen ein Stück«, ließ Jens sie wissen, das Handtuch lässig über der Schulter. Mehr hatte er nicht bei sich. »Da hinten kann Jerry sich frei bewegen, ohne dass er jemanden stört.«

»Okay.« Carolina war wiederum froh über die Eingebung, Badesachen mitzunehmen. Sonst hätte sie jetzt dumm dagestanden. Außerdem hatte sie ein dickes Buch in ihrem riesigen Stoffbeutel, für das sie zu Hause nie Zeit gefunden hatte. Hätte Jens arbeiten müssen, hätte sie etwas gehabt, womit sie die Zeit leicht hätte totschlagen können. Dann war da noch Sonnencreme, der After-Sun-Balsam, den sie eigentlich erst nach der abendlichen Dusche brauchte, eine Bürste, eine Zeitschrift, Salzgebäck, der Badeanzug und natürlich frische Unterwäsche. Im Grunde ihr halbes Urlaubsgepäck.

Nachdem sie schweigend durch den heißen Sand marschiert waren, blieb Jens unvermittelt stehen und legte sein Badelaken ab. »Hier is gut«, murmelte er. Fand Jerry auch. Dort standen nämlich zwei Sträucher, die Schatten spendeten. Die einzigen weit und breit. Jerry hob einmal das Bein, um den Platz in Besitz zu nehmen und ließ sich dann auf das winzige schattige Plätzchen fallen. Jens streifte die Träger seiner Latzhose von den Schultern und machte Anstalten, sich auszuziehen. Komisches Gefühl. Nicht weit von hier hatte er sie zum ersten Mal geküsst, und sie hatten ziemlich wild gefummelt. Na ja, was man als Teenager eben so macht. Sie sah sich nach einem Fleckchen um, wo sie ihre Tasche deponieren konnte, und musste einsehen, dass sie auf jeden Fall sandig werden würde. Dann tauchte sie kopfüber in den bunt gestreiften Stoffsack und förderte ihren Badeanzug zutage. Ihren neuen Badeanzug, den sie letztes Jahr gekauft und nur einmal getragen hatte. Es war ein sündhaft teures Teil mit einem raffinierten Einsatz, der ihr Bäuchlein wegschummeln, ihre nicht gerade üppige Oberweite dafür ein wenig heben sollte. Rasch schlüpfte sie aus ihrem Slip und ließ ihn in der Tasche verschwinden. Dann stieg sie in die Badebekleidung. Das Kleid hatte sie natürlich noch an. Sie würde schließlich nicht einfach blank ziehen. Vor fremden Leuten. Gut, die waren ziemlich weit entfernt. Aber auch nicht, schon gar nicht, vor Jens. Der käme sonst womöglich auf dumme Gedanken. Oder er bemerkte, dass sie nicht mehr so knackig war wie mit sechzehn. Sie wusste nicht, welche Vorstellung ihr mehr Unbehagen bereitete. Irgendwie steckte sie jetzt zwar in dem raffinierten Teil, aber so richtig kam sie nicht voran. Sie öffnete den Reißverschluss ihres Kleides. So, das gab etwas mehr Bewegungsfreiheit. Trotzdem, komplett anziehen konnte sie sich so immer noch nicht. Schwupps, die Arme durch die Öffnungen nach innen gezogen. Nun konnte sie vollständig in den fließenden Stoff tauchen und sich darunter wie in einem Zelt ganz bequem fertig machen. Dachte sie. Aber irgendetwas war komisch. Dieser Badeanzug war irgendwie verdreht. Sie spürte Körbchen auf dem Rücken, die da sicher nicht hingehörten. Was hätten die da wohl heben sollen? Sie war doch nicht Quasimodo.

»Was wird das, wenn's fertig ist?«

»Ich ziehe mich um.« Sie spähte durch einen Ärmelausschnitt. Herrje, Jens hatte blank gezogen. Einfach so in aller Öffentlichkeit. Und er machte überhaupt keine Anstalten, endlich in die Badehose zu steigen. Wo war die überhaupt? Carolina hoffte inständig, er hatte eine in der Hosentasche.

»Du sollst dich ausziehen, nicht umziehen«, meinte er. »Wir baden nackt. So wie früher.«

»Was genau meinst du mit nackt?«

»Nackt!«, wiederholte er und zeigte an sich herunter. Ob er wusste, dass sie ihn durch den Ärmelausschnitt sehen konnte? Sie zerrte an dem völlig verdrehten Badeanzug. So wurde das nichts. Sie musste ihn noch einmal ausziehen und von vorne anfangen.

»Ganz nackt oder ein bisschen?«, fragte sie, um Zeit zu gewinnen.

Er schüttelte den Kopf. »Du bist ja noch immer so verklemmt wie als Pubertrine. Finde ich irgendwie süß.«

»Ich bin nicht verklemmt, ich bin verhei …« Sie schüttelte den auf links gedrehten Anzug vom Fuß und atmete tief durch. »Ich bin einfach nur anständig. Das hier ist doch kein FKK-Strand, oder?«

Wieder lachte er. »Ich dachte schon, du beichtest jetzt, dass du verheiratet bist.«

»Wie kommst du denn darauf?« Sie baute sich vor ihm auf und kicherte. Ein kicherndes sprechendes Zelt.

»Hörte sich so an. Nee, das ist kein FKK-Strand, aber das ist hier kein Problem. Kommst du nun da raus?«

»Ach so, ja, klar. Wenn das so ist …« Umständlich streifte sie das Kleid ab. Wenigstens sah sie nicht mehr aus wie Yetis Schwester. Ein schwacher Trost.

Welch eine tolle Idee! Das Salzwasser auf ihrer Haut, direkt, ohne Stoff dazwischen fühlte sich einfach großartig an. Gut, die eine oder andere Qualle, die des Weges waberte, fühlte sich weniger angenehm an. Zum Glück waren es nur Ohrenquallen. Glitschig, aber harmlos. Nachdem sie ihre Hemmungen überwunden hatte, genoss Carolina das textilfreie Bad mit allen Sinnen. Selbst der Gedanke an den Weg zurück zu den Handtüchern konnte sie nicht mehr schrecken. Es sollte ihr egal sein, was die Schwerkraft an Land mit ihrem Körper anstellen würde. Sie war noch recht ordentlich in Form. Und die eher bescheidene Oberweite, die sie als Teenager immer geärgert hatte, zeigte mit zunehmendem Alter ihre Vorteile. Sie ließ sich auf dem Rücken treiben wie eine Robbe und blinzelte gegen die Sonne. Jens warf für Jerry Stöckchen, die der Hund mit unerschütterlicher Begeisterung wieder holte. Bis Jens ihn auf seinen Platz schickte.

»Raus mit dir, Kumpel«, sagte er und zeigte zu der Stelle, wo seine Latzhose auf seinem Handtuch lag. »Is genug für heute. Zeit, dass du wieder deinen Job als Wachhund übernimmst.« Jerry verstand. Er paddelte in der für Vierbeiner typischen, ein wenig unbeholfenen Art zum Ufer, schüttelte sich, als er auf dem Trockenen stand, so kräftig, dass er kurzfristig einer geplatzten Wasserbombe glich, und trollte sich dann.

Carolina hatte ihn amüsiert beobachtet und bemerkte erst jetzt, dass Jens ihr ziemlich nahe gekommen war. Mit einem Schlag war ihr ihre Nacktheit doch nicht mehr egal.

»Musst du Jerry nicht abtrocknen? Ich meine, nicht dass er sich noch erkältet.« Sie lächelte unsicher.

»Es sind mindestens siebenundzwanzig Grad.« Er grinste spöttisch. »Außerdem trocknen sich Tiere in der Natur auch nicht ab und erkälten sich trotzdem nicht.« Er kam noch ein bisschen näher.

»Aber du kannst einen Haushund nicht unbedingt mit einem wilden Tier vergleichen«, führte sie konzentriert aus. »Du musst zugeben, dass Jerry eine geheizte Wohnung gewöhnt ist. Apropos«, sprach sie schnell weiter, als er sanft ihre Schultern fasste und sie umdrehte. »Wo wohnst du eigentlich? Direkt am Restaurant? Das Haus ist ja groß genug, wenn ich das richtig gesehen habe.«

»Kannst du auch mal ruhig sein?«

»Klar, wieso? Ich habe nur gerade überlegt. Wäre doch ziemlich praktisch, keinen Arbeitsweg zu haben. Andererseits kann man dann auch schlechter abschalten, finde ich. Wenn man seinen Arbeitsplatz ständig vor der Nase hat, meine ich.«

»Entspann dich mal.« Er legte ihren Kopf an seine Brust und bewegte sie langsam durch das Wasser. Sie spürte seinen Oberkörper, der noch ziemlich knackig war, und meinte, seinen Herzschlag zu hören. Wie sollte sie sich dabei wohl entspannen können? Wenn sie sich jetzt hinstellte, wäre sie ihm ganz nah. Sehr nah. Und zwar von oben bis unten. Sie würde ihn unverpackt an ihrer Haut spüren. Soweit war es nicht mal gekommen, als sie noch in ihn verliebt gewesen war. Ein Schauer lief durch ihren Körper, der ihm mit Sicherheit nicht entgangen war.

»Ich habe da gerade so eine Idee«, sagte er leise. War ja klar, eine Frau und ein Mann, beide nackt. Da konnte es nicht lange dauern, bis einer den anderen zu verführen versuchte. »Ehrlich gesagt, spukt diese Idee in meinem Kopf herum, seit du gestern aufgetaucht bist.« Na, super! Er hatte den netten kleinen FKK-Ausflug also mit eindeutiger Absicht geplant. Warum auch nicht? Sie hatten damals schon … also nicht so richtig, aber doch ganz ordentlich für das Alter. Jetzt waren sie erwachsen und beide frei. Jedenfalls hatte sie ihm das aufgetischt. Was sollte sie daran hindern, da weiterzumachen, wo Carolina vor Jahren gebremst hatte? Sie musste ihm dringend reinen Wein einschenken. Sie machte ein paar kräftige Armschläge, sorgsam darauf achtend, in welcher Höhe ihre Hände durch das Wasser pflügten. Dann drehte sie sich zu ihm um und blickte direkt in sein schönes Gesicht. Er sah wirklich verdammt gut aus. Und er hatte dieses Funkeln in seinen Augen, dem sie schon früher nicht hatte widerstehen können.

»Los, du musst ihm sagen, dass du verheiratet bist«, redete die innere Hildegard auf sie ein. »Du musst dieses Spiel mit dem Feuer sofort beenden!« Ihre Stimme wurde immer leiser, Carolina versank immer mehr in diesem Blick.

»Ach ja?«, brachte sie endlich heraus. Toll, da hast du aber wirklich reinen Tisch gemacht.

»Ja. Du bist Innenarchitektin.«

Sie war platt. »Stimmt.«

»Freunde von mir haben so ’nen ollen Schuppen in Sellin gekauft. So ein Klotz im Stil der Bäderarchitektur, die alle so toll finden. Keine Ahnung, was daran besonders sein soll.« Er zuckte die Achseln, seine Hände, die er wie zwei Ruder nutzte, um das Gleichgewicht zu halten, schlugen platschend auf die Wasseroberfläche.

»Na ja, das Besondere ist eben …«, holte Carolina aus und wischte sich Salzwasser aus den Augen, was mit nassen salzigen Händen nicht gerade gut funktionierte.

»Stopp! Spar dir das für meine Freunde auf, die können etwas damit anfangen.« Sie blinzelte und zwinkerte, bis sie ihn zumindest verschwommen sehen konnte. »Die suchen gerade jemanden, der ihnen ein paar Tipps gibt, zur stilgerechten Renovierung und Innenausstattung und so. Das kannst du doch, oder?«

»Natürlich!« Sie nickte eifrig.

»Dann fahren wir morgen früh gleich hin. Die flippen aus vor Freude.«

»Ganz meinerseits!« Carolina wäre ihm am liebsten um den Hals gefallen. Ihr fiel gerade noch rechtzeitig ein, dass sie beide nichts an hatten. Also ließ sie es lieber.

»Echt? Cool. Ich dachte schon, du bist vielleicht genervt, wenn du im Urlaub arbeiten sollst.«

»Ach, das macht nichts. Ist mal was anderes. Und ich mag die Bäderarchitektur sehr.« Sie strahlte ihn an.

»Toll. Und jetzt raus aus dem Wasser. Sonst wirst du noch ganz schrumpelig. Wäre doch schade um deine schöne Haut.«

Sie ließen sich in der Sonne trocknen. Jens machte ein paar Bemerkungen über ihren Körper, dass man ihr den Sport wirklich ansehen würde. Sie hätte sich eben für das interessantere und figurfreundlichere Lebenskonzept entschieden. Statt Kinder zu kriegen, treibe sie Sport, meinte er. Kinder sind auch Sport, Hochleistungssport, dachte sie und biss sich auf die Zunge.

Carolina wechselte das Thema: »Bist du sicher, dass es deinen Freunden morgen früh passt? Denen mit dem Haus, meine ich. Kann doch sein, dass es für sie abends günstiger ist. Also, ich habe noch nichts geplant, also nichts ganz Konkretes, was ich nicht auch an einem anderen Abend machen könnte.« Sie lachte fröhlich und hoffte, es hörte sich so an, als würde sie auch alleine eine Menge unternehmen. Die Wahrheit war, sie hatte keine Idee, was sie mit dem Abend anfangen sollte, und sie konnte es kaum abwarten, die alte Villa zu sehen.

»Das sind frühe Vögel. Die sind schon in ihrem Domizil, bevor der Hahn überhaupt zu Wort kommt. Dafür fahren sie aber auch meist am späten Nachmittag wieder nach Hause. Die wohnen jetzt in der Nähe des Bahnhofs am Ortsausgang.«

»In Sellin? Na, da können sie doch eben rüberkommen, wenn wir da heute mal vorbeischauen.«

»Nee, lass man. Die sind nich mehr ganz jung. Lass denen man ihre Ruhe.« Sie lagen nebeneinander auf den Handtüchern, den warmen Sand wie ein perfekt angepasstes Bett unter sich, und plauderten mit geschlossenen Augen. Deshalb fuhr Carolina zusammen, als Jens ohne Vorwarnung seine Hand auf ihren Bauch klatschte. »Bevor du vor Langeweile umkommst, fahren wir rauf zum Kap und besuchen Angie.«

Sie lachte laut auf. »Langeweile kenne ich gar nicht.«

»Wir fahren trotzdem. Angie freut sich wie ein Rollmops, wenn sie dich sieht.«

Da war Carolina ganz und gar nicht sicher. Angie und sie hatten zur selben Clique gehört, sie hatten sich auch immer vertragen. Jeder hat sich damals mit Carolina vertragen, weil sie lieber geschwiegen hatte wie eine Miesmuschel, als jemandem ihre Meinung zu sagen, wenn die eher unpopulär war. Angie war das krasse Gegenteil gewesen, laut und meist überdreht. Dann wieder konnte sie so weit weg von dieser Welt sein, dass man nichts mit ihr anfangen konnte. Ganz gleich in welcher Verfassung sie gerade war, immer hatte sich alles um sie drehen müssen. Carolina hätte jeden gern wiedergesehen, den hippeligen Ingo, den eitlen Axel oder die etwas verhuschte Kathi. Aber Angie? Sie waren wie Rotwein und Cola. Das passte einfach nicht zusammen.

Carolina war gar nicht erst ins Hotel zurückgefahren, sondern direkt zu Jens ins Auto gehüpft. So war es praktischer. Jerry blieb zu Hause. Bei Angie sei kein Platz für ihn, hatte Jens erklärt. Er fuhr einen alten Mercedes, der irgendwie zu ihm passte. Ein charmantes Fahrzeug mit Ecken und Kanten und offenbar sehr eigenwillig. Blieb man damit stehen, ging es ab und zu aus.

»Start-Stopp-Automatik«, erklärte Jens und schmunzelte. Glücklicherweise sprang das gute Stück immer wieder an, früher oder später. Während der Fahrt durch Binz war sie heilfroh, nicht selbst am Steuer sitzen zu müssen. Ständig musste man damit rechnen, dass Touristen einfach auf die Fahrbahn stiefelten oder dass Ortsunkundige plötzlich mit aller Kraft auf die Bremse latschten, weil sie sich in letzter Sekunde zum Abbiegen entschieden. Trotzdem, auch für Binz würde sie sich einen Tag reservieren. Auch wenn hier immer eine Menge Trubel herrschte, hatte der Ort doch seinen Reiz und beste Bedingungen, um einen entspannten Urlaubstag zu verbringen und Geld auszugeben. Es ging vorbei an Prora mit seiner gigantischen Anlage des ehemaligen KdF-Bades. Carolina war das ganze Gelände so sympathisch wie eine eitrige Warze auf der Nasenspitze. Trotz der Hitze im Auto schauderte sie. Gleichzeitig fragte sie sich, was man inzwischen aus dem monströsen Bau gemacht hatte. Sie hatte in der Zeitung immer mal von unterschiedlichsten Plänen der Umgestaltung gelesen. Vielleicht sollte sie in den nächsten Tagen doch einen Abstecher hierher machen. Weiter ging es über die Schmale Heide und dann für ein kurzes Stück auf die Bundesstraße.

»Ganz schön viel Betrieb«, sagte sie, um das Schweigen zu brechen.

»Stimmt. Im Sommer werden wir echt überrannt.«

»Gut für dich. Keine Gäste, keine Einnahme, oder?«

Er lachte, aber es klang nicht heiter. »Nur gilt das leider nicht im Umkehrschluss.«

Sie sah ihn fragend an. »Nicht?«

»Nee, manchmal ist es schon frustrierend, wenn man sieht, wie sich die Auto-Karawane über die B96 wälzt. Aber die finanzkräftigen Urlauber werden hauptsächlich in Binz oder Sellin eingegliedert, wie mein alter Herr noch immer sagen würde. Bis nach Lobbe kommen die gar nicht. Und wer doch kommt, guckt auf die Kohle. Die versorgen sich meistens selbst und gehen selten essen. Ist nicht einfach, über die Runden zu kommen.«

Darüber hatte sie noch gar nicht nachgedacht. Sie sah ihn von der Seite an. Erst jetzt bemerkte sie, dass er kleine Fältchen an den Augen und auch um den Mund hatte. Sie standen ihm gut. Carolina schämte sich. Sie war noch gar nicht auf die Idee gekommen, dass die *Dicke Flunder* in schwierigen Gewässern dümpeln könnte. Irgendwie hatte sie angenommen, es läge an Jens' mäßigem Engagement, an seiner ziemlich lässigen Arbeitseinstellung, wenn so wenig los war.

Sie passierten eine weitere schmale Landzunge, dann hatten sie die nördlichste Halbinsel Rügens erreicht. Von Altenkirchen fuhren sie ein Stück in Richtung Putgarten und bogen schließlich links ab. Es gab keine größere Siedlung mehr, nur vereinzelt lag hier und da mal ein Haus. Hier oben konnte man bestimmt große Grundstücke zu moderaten Preisen bekommen, dachte Carolina. Kurz darauf hielten sie auf dem Sandstreifen vor einem Haus, von dem zunächst nur das Dach zu sehen war. Ein richtiges Hexenhäuschen, das von der übermächtigen Pflanzenwelt davor geradezu überwuchert wurde. Hübsch. Auf den ersten Blick. Beim zweiten Hingucken empfand sie die vielen Ringelblumen, die zum Teil schon verblüht und vertrocknet waren, die Brombeerhecke und den alles verschlingenden Efeu als ungepflegt, den haushohen breiten Sanddorn, der den Zugang zur Haustür versperrte, als feindselig. Man musste ein Schlangenmensch oder ein Fakir sein, um mit diesem Gesträuch harmonisch zusammenzuleben. Jens zog an einem Seil, das neben einer Tür hing, die für Carolinas Geschmack dringend einen Eimer Wasser, Seife und eine Wurzelbürste vertragen konnte. Nichts.

»Mist, schon wieder kaputt«, murmelte er und klopfte. »Angie?«

»Vielleicht hätten wir doch vorher anrufen sollen«, gab Carolina zu bedenken, als sich nichts rührte.

»Sie hat kein Telefon.«

»Sie hat kein …? Bitte, wie macht sie das?«

»Sie kommt schon klar.« Ja, wahrscheinlich indem sie ständig andere Leute um deren Telefone bat oder sie gleich Dinge für sich erledigen ließ. Er klopfte wieder. »Angie, du hast Besuch!« Wenn es sich um eine Freundin von Carolina gehandelt hätte, wäre sie jetzt um das Haus auf eine eventuell existierende Terrasse gegangen, doch das war hier unmöglich. Sie wollte schon vorschlagen, zum Leuchtturm zu fahren und dort etwas spazieren zu gehen, da hörte man von innen ein Rumpeln, dann das Geräusch eines gewaltigen Schlüsselbundes, das klapperte, als der Haustürschlüssel im Schloss gedreht wurde. Jens schob Carolina hinter sich. Die konnte also nicht sehen, wer geöffnet hatte und nun vor ihm stand. Wer auch immer es war, er oder vermutlich sie sagte kein Wort.

»Hi, Angie. Alles im Lot?« Keine Antwort, zumindest keine, die Carolina hören konnte. »Ich habe Besuch mitgebracht. Überraschung. Ey, du wirst es nicht glauben. Tataa!« Damit sprang er zur Seite. Na ja, er machte wenigstens einen kleinen schnellen Schritt, soweit der eingeschränkte Platz es zuließ. Sanddorn und herumstehende Blumentöpfe, in denen hoffnungslose Gewächse vor sich hin mickerten, ließen nicht viel Spielraum.

»Hallo«, sagte Carolina und gab sich alle Mühe, möglichst viel Begeisterung in ihre Stimme zu legen. Sie starrte Angie an. Die hatte sehr kurze bräunlich-rosa Haare mit einer blau-grauen Strähne direkt über der Stirn. Was sollte das darstellen? Sie sah aus wie ein Buchfink. »Schön, dich zu sehen«, log sie. Es lag auf der Hand, dass Angie sie nicht erkannt hatte. Oder blickte sie nur einfach durch sie hindurch, ohne sie richtig wahrzunehmen, wie sie es früher manchmal schon getan hatte?

»Ja, du guckst richtig, das ist Carolina«, rief Jens fröhlich, als hätte Angie irgendeine Silbe von sich gegeben. Er trat auf sie zu und hauchte ihr einen Kuss auf die Wange.

Dabei raunte er ihr etwas zu, was Carolina aber nicht verstand. »Dann mal rein in die gute Stube«, sagte er laut und ging an Angie vorbei in das Haus.

»Tja, schön hast du's hier. Toller Garten«, meinte Carolina. Sie hatte mal gehört, dass jeder Mensch durchschnittlich zweihundert Mal am Tag lügt, und hatte das für kompletten Humbug oder zumindest Übertreibung gehalten. Wenn sie lange hier blieben, würde sie den Schnitt bald überflügelt haben.

»Caro?« Angie sah sie an, als wäre sie soeben erst wie Kai aus der Kiste gehopst.

»Ja, live und in Farbe.« Sie lachte. »Ist lange her, was?«

»Verdammt lange. Ey Hammer!« Damit machte sie so unvermittelt einen Schritt auf Carolina zu und zog diese an sich, dass es für einen Fluchtplan zu spät war. Angie roch nach Nikotin und Alkohol, wenn sich Carolina nicht täuschte. »Komm rein, komm rein!« Sie schob Carolina vor sich her durch einen dunklen vollgestellten Flur in einen Raum, der wohl ihr Wohnzimmer war. Jens hatte es sich auf einem Sofa bequem gemacht, sofern man es so nennen wollte. Die Couch sah aus, als hätte man sie in letzter Sekunde vor dem Sperrmüll gerettet. Darüber lagen Decken, die einmal beige gewesen sein mochten. Carolina fragte sich, ob diese Überwürfe das Sofa schützen sollten. Das machte an den Lehnen und den anderen Stellen, die nicht bedeckt waren, nicht den Eindruck, ansatzweise sauberer zu sein als die darauf drapierten Decken. Es gab einen Stuhl, der als Sitzgelegenheit jedoch ausfiel, da sich alte Zeitungen, Briefe – anscheinend ungeöffnet – und anderes Zeug darauf stapelten. Dann war da noch ein Sessel. Schon sein bloßer Anblick verursachte Carolina Juckreiz.

»Hammer, die Caro«, gab Angie noch einmal erstaunt von sich. »Setz dich, setz dich! Was trinken wir denn auf den Schreck?« Aus ihrem lauten krächzenden Lachen wurde übergangslos Husten.

»Was du da hast. Passt schon«, meinte Jens und schob schon mal das Sammelsurium aus Bechern, Kugelschreibern, Notizbüchern und weiteren Bergen von Papier zur Seite. Carolina quetschte sich zwischen dem von Brandlöchern und klebrigen Rändern gezeichneten niedrigen Tisch und dem Sofa durch und setzte sich neben Jens gerade so weit auf die vordere Kante, dass sie nicht herunter rutschte.

»Wie lange bleibst du denn?«, rief Angie von irgendwo her, aus der Küche, wie Carolina vermutete. »Wir können mal wieder am Strand grillen«, krähte sie. »So wie früher. Weißt du noch?« Wieder das bedrohliche Husten.

»Klar weiß ich noch. Du warst ja Feuer und Flamme fürs Grillen«, scherzte sie halbherzig. Das Lachen oder Husten oder beides auf einmal wurde lauter. Carolina sah sich um. An der Wand hing ein für die Insel typisches Kreidemännchen. Es trug eine Extra-Mütze aus Staub. Auch das Regal, das gleich hinter dem Sessel an der Wand stand, war mit Staub bedeckt. Es war nicht hellgrau, wie sie im ersten Moment gemeint hatte, sondern ursprünglich braun. Der ohnehin enge Raum war vollgestopft. Überall auf dem Fußboden lag etwas herum, ein undefinierbares Wäschestück inklusive. Jetzt war ihr klar, was Jens gemeint hatte, als er sagte, es gebe keinen Platz für Jerry. Sie sah ihn an und stellte fest, dass er sie beobachtete. Aus der Küche drangen Geräusche herüber. Angie sang oder redete vor sich hin, keuchte, Schranktüren wurden geöffnet und zugeschlagen, Wasser lief. Gott sei Dank, es gab Wasser!

»Das versteht man wohl unter kreativem Chaos«, sagte Carolina leise und zwang sich zu einem Lächeln.

In dem Augenblick war Angie mit einer Flasche Tequila und drei Gläsern zurück, die sie noch schnell abgespült hatte. Carolina verdrängte, dass Jens noch fahren musste. Ihr war Hochprozentiges gerade recht. Das desinfizierte wenigstens. Angie zündete sich eine Zigarette an, die sie zwischen den Lippen balancierte, während sie so schwungvoll einschenkte, dass einige Tropfen Schnaps auf dem Tisch landeten. Carolina betrachtete sie verstohlen. Sie sah nicht gut aus, gar nicht gut. Ihre Haut hatte merkwürdige dunkle Flecken, die Augen lagen in tiefen Höhlen. Entweder hatte sie eine fiese Krankheit erwischt, oder es war nur der Lebenswandel.

»So, hau weg!«, kommandierte Angie, setzte an und leerte das Glas mit einem Schluck. Kein Salz, keine Zitrone. Carolina hielt die Luft an und stürzte das Zeug hinunter, während Angie sich bereits einen zweiten Schnaps einkippte. So verhalten sie zunächst gewesen war, so redselig war sie nun. Sie erzählte, sie sei Künstlerin. »Bilder«, sagte sie. Die Zigarette hing an ihrer Unterlippe. »Aber nicht der übliche Touristenmist.« Sie nahm einen kräftigen Zug und pustete stinkenden Rauch in die ohnehin schon schlechte Luft. Wenn sie doch bitte ein Fenster aufmachen könnte. »Meine Kunst ist etwas für Leute, die was davon verstehen. Nur gibt's davon leider kaum welche.« Wieder inhalierte sie tief. »Und an diese ganzen verdammten Idioten, die keine Ahnung haben, verkaufe ich nichts.« Aha, sie produzierte also Kunst, mit der kein Mensch etwas anfangen konnte und die sich auch nicht verkaufen ließ. Carolina wollte sich lieber nicht ausmalen, wovon sie lebte. »Wenn du willst, zeige ich dir mein Atelier. Bin gespannt, ob du die Bedeutung meiner Sachen erkennst.«

»Gerne!« Sie konnte sich schon vorstellen, was das für kranke Werke waren.

»Aber du stehst bestimmt auch eher auf diesen Wellen- und Sonnenuntergang-Mist. Verdammt, dafür hauen die Leute Kohle raus. Hausfrauen oder Arztgattinnen wie du.« Sie schenkte sich großzügig Tequila nach. Für ihre Gäste hieß es wieder einmal: eine Runde aussetzen. Carolina war es recht.

Jens meldete sich glücklicherweise auch mal wieder zu Wort: »Caro ist Innenarchitektin.« Angie pfiff anerkennend durch die Zähne, wobei ihr Zigarettenstummel auf den Tisch flog. Es kümmerte sie nicht, sie steckte eine neue an. Es grenzte an ein Wunder, dass hier noch nicht alles in Flammen aufgegangen war.

»Ist keine große Sache«, sagte Carolina bescheiden. »Als Einzelkämpferin kommst du an die ganz fetten Aufträge sowieso nicht ran. Höchstens mal die Privatvilla von einem Vorstandsvorsitzenden oder ein kleines unbedeutendes Museum, wenn du Glück hast.« Du bist hier nicht die Einzige, die auf den Putz hauen kann, dachte sie frostig.

»Obendrein hat sie noch einen Garten und lebt ziemlich autark«, warf Jens ein. »Stimmt doch, oder?«

»Na ja, Kaffee baue ich nicht selbst an.« Sie lachte affektiert. Nicht schön, aber in diesem Fall passte es ziemlich gut, fand sie. Carolina hätte selbst nicht sagen können, warum sie dermaßen vom Leder zog. Selbst Münchhausen wäre neben ihr vor Scham errötet. Aber es machte ihr plötzlich Spaß. Außerdem sollte man ab und zu auf seine Mutter hören. Und Omi Anna sagte immer: »Besser eine kluge Lüge als die dämliche Wahrheit!«

»Du backst womöglich auch selber Kuchen«, murrte Angie und verschüttete ein volles Schnapsglas. »Verdammt!« Sie hätte sich diesen ekligen Blick sparen sollen, so von oben herab.

»Klar«, gab Carolina kühl zurück. »Ist doch total sinnlich, mit beiden Händen im Teig zu wühlen. Machst du nicht auch Skulpturen aus Ton? Dann müsstest du das doch verstehen.« Sie spürte Jens' Blick und freute sich diebisch. Der Punkt ging ja wohl an sie.

Während der Rückfahrt schwiegen die beiden lange. Carolina hatte einen Blick in das sogenannte Atelier werfen dürfen, einen Raum, in dem es nicht besser aussah als im Rest des Hauses. Alles starrte vor Dreck. Einzelne Schuhe lagen ebenso herum wie Hygiene-Artikel und Malutensilien. Sie war heilfroh gewesen, als sie sich endlich verabschiedet hatten. Nein, einen weiteren Besuch bei Angie würde sie sich in ihrem Urlaub nicht mehr antun.

»Was war das denn jetzt?«, fragte sie, als sie schon eine Weile unterwegs waren.

»Hast du bis jetzt unter Schock gestanden und findest gerade erst deine Stimme wieder?« Er ersparte ihr eine Antwort. »Das ist ein anderes Leben als das einer gut verdienenden Freiberuflerin, was?«

»Darum geht's doch gar nicht. Es kommt doch nicht darauf an, wie viel Geld jemand hat. Ich muss dafür etwas leisten, ich meine, jeder muss etwas tun, wenn's ihm gut gehen soll.«

»Du bist behütet aufgewachsen. Du konntest studieren. Doch, Carolina, genau darum geht es.« Sie wollte widersprechen, zögerte aber. Natürlich hing viel davon ab, welchen Start ins Leben man von zu Hause ermöglicht bekam.

»Trotzdem«, sagte sie schließlich, »ihre Bude könnte sie auch mit geringen Mitteln sauber halten und aufräumen. So muss niemand leben. Egal, wie er aufgewachsen ist.« Sie nahm sich ganz fest vor, für eine gute Ausbildung von Lara und Konrad zu sorgen. Notfalls mit Gewalt.

Ein Auftrag

Wieder ein flottes Frühstück. Carolina und Jens hatten sich für halb zehn verabredet. Sie konnte es kaum erwarten, das Haus seiner Freunde zu sehen. Während sie sich Honig auf ihr Brötchen tröpfelte, hörte sie, wie Molli am Nachbartisch lautstark von der Trainerin ihres Sportvereins erzählte.

»Und das will eine Trainerin sein«, posaunte sie gerade abfällig heraus. »So ein dürres Klappergestell. Ein Windhauch, und die segelt davon. Ist doch klar, dass man nix in den Muscheln hat, wenn man von einem Salatblatt pro Tag lebt.«

Auf ein Salatblatt täglich zu verzichten war aber auch keine Taktik für einen guten Körper, fand Carolina.

»Da bin ich ja fitter als die!« Carolina versuchte, sich die Sportart vorzustellen, die Molli erfolgreich ausübte. Schlammringen könnte passen. Was sollte das überhaupt für ein Verein sein? Der TuS Nelda Neustrelitz vielleicht? Sie sah zu dem Tisch, an dem die Familie mit den Zwillingen gesessen hatte. Jetzt frühstückten dort zwei ältere Paare. Während sie ihr Brötchen verspeiste, hörte sie noch, wie die Intellektuelle und das Model der Mädelstruppe ihre Meinung zu Sport im Allgemeinen und ihren Aktivitäten im Speziellen zum Besten gaben. Nur die Unsichtbare sagte nichts dazu. Sie war nicht gerade ein Muskelpaket, wirkte aber durchaus drahtig. Vermutlich die Einzige im Bunde, die regelmäßig trainierte.

Jens war pünktlich. Nach seinen Maßstäben. Nicht zum ersten Mal fragte sie sich, warum sie nicht mit dem Rad gefahren war. Als sie einstieg, beugte er sich ganz selbstverständlich zu ihr herüber und drückte ihr einen Kuss auf die Wange. Dann versuchte er, den Wagen zu starten, was beim dritten Anlauf funktionierte.

»Na, hast du dich von dem Schock gestern Abend erholt?« Er warf ihr einen kurzen Seitenblick zu.

»Nein. Je länger ich darüber nachdenke, desto schlimmer finde ich, was aus ihr geworden ist.«

»Das willst du nach einem Treffen beurteilen?« Er zog missbilligend die Augenbrauen hoch.

»Ja, ich glaube, das kann ich. Ich bin keine Psychologin, aber ich wette, die Bilder spiegeln ihr Seelenleben wider. Düster und wirr, wenn du mich fragst. Obendrein haust sie im Dreck und sieht elend aus. Hast du eine Ahnung, wann sie das letzte Mal bei einem Arzt war?«

»Nö, aber sie is okay.« Nach einer Sekunde ergänzte er: »Glaube ich. Sie hat gerade eine blöde Phase. Das wechselt bei ihr. Weißt du doch von früher.«

Carolina nickte und hoffte, dass dieses unerfreuliche Thema damit beendet war.

»So, das hier wird dir besser gefallen.« Er bog in die Einfahrt einer Villa, die in einer Parallelstraße der Wilhelmstraße, dem Zentrum Sellins, lag. Carolina stieg aus dem Wagen und holte tief Luft. Es roch intensiv nach Salzwasser und Sonnencreme. Das Kreischen der Möwen, das Rollen der Wellen an den Strand und auch das Lachen und Rufen der Urlauber waren sehr gut zu hören. Das bestätigte ihre Vermutung, dass die Villa dicht an der Ostsee stand. Premiumlage. Und erst das Haus selber! Sie war auf der Stelle verliebt. Das Gebäude glich einem kleinen Schlösschen. An einer Ecke ragte ein achteckiger Turm drei Stockwerke in die Höhe. Er war weiß wie der Rest des Hauses, hatte aber oberhalb der zweiten Etage eine dunkelbraune umlaufende Holzapplikation und trug einen zwiebelförmigen Helm mit Wetterhahn. Die Villa war in L-Form gebaut, jeden Flügel zierte ein großzügiger geschwungener Giebel, an einer Seite gab es einen innen liegenden Balkon mit einem typisch verschnörkelten gusseisernen Geländer. Unterhalb des Balkons war die Haustür. Auch sie versprang nach hinten, so dass sich ein überdachter Eingangsbereich ergab. Dort entdeckte Carolina eine kleine Dame mit grauem, zu einem Knoten gesteckten Haar, einem dunkelblauen Rock und einer weißen Bluse. Um den Hals trug sie eine Perlenkette, die lang in der Luft baumelte, als die Frau sich zu Jerry hinunter beugte, um ihm zur Begrüßung ausgiebig die Ohren zu kraulen.

»Guten Morgen«, rief sie. »Ich habe euch schon kommen hören.« Sie zeigte lächelnd auf Jens' Mercedes.

»Moin, Lissi«, begrüßte er sie. »Seit wann ist denn das Gerüst weg?«

Carolina trat auf die Hausherrin zu. »Guten Morgen. Carolina …« Sie zögerte. Beinahe hätte sie ihren angeheirateten Namen genannt.

»Guten Morgen, ich bin Elisabeth. Sagen Sie einfach Lissi.« Die Dame reichte Carolina die Hand. »Kommen Sie bitte herein. Aber ich muss Sie warnen, Sie werden einen Schlag kriegen. Innen wartet noch viel Arbeit auf uns.« Das war nicht zu viel versprochen. Schon in der Diele die erste Sünde: Einer der Vorbesitzer hatte einen PVC-Belag auf dem Boden verlegt, der Granit imitieren sollte. »Die Original-Dielen sind noch darunter«, erklärte Lissi, die ihren Blick richtig interpretiert hatte. »Wir hoffen, sie retten zu können. Ah, da ist mein Mann Kurt.« Sie stellte Carolina dem Mann vor, der bestimmt zwei Köpfe größer war als seine Frau, ebenfalls graues Haar und ein auf Anhieb sympathisches Gesicht mit einem Grübchen am Kinn und Lachfältchen an den Augen hatte. Lissi beantwortete Jens' Frage nach dem Gerüst und umriss mit präzisen Worten den Stand der Außenarbeiten, die nahezu abgeschlossen waren. Ehe Carolina sich versah, steckten sie mitten in einer Hausführung, bei der sie in Kenntnis über Ideen und Vorstellungen der beiden gebracht wurde. Während Jerry sich in der Diele auf dem ihm zugewiesenen Platz zusammenrollte, ließen sie kein Zimmer aus und erzählten, sie hätten noch Pläne aus dem Baujahr 1878.

»Dürfte ich die wohl sehen?« Carolina war aufgekratzt wie lange nicht mehr.

»Unter einer Bedingung«, entgegnete Kurt, dessen Blick ahnen ließ, dass er ständig einen Schalk im Nacken hatte. Selbst seine Frau sah ihn irritiert an. »Sie müssen uns Ihren Tarif verraten. Am Ende können wir Sie gar nicht bezahlen.«

»Oh, das ist richtig«, pflichtete Lissi ihm bei. »Wir hatten schon darüber nachgedacht, einen Innenarchitekten zu engagieren, haben dann aber aus Kostengründen davon Abstand genommen.«

Carolina lachte. »Machen Sie sich darüber bloß keine Sorgen. Ich bin ohnehin nur ein paar Tage auf der Insel. Leider.« Sie seufzte. »Da schaffe ich nicht viel. Ich hoffe, Sie haben diesbezüglich keine zu hohen Erwartungen. Ich kann mir wirklich nur alles einmal ansehen und meine Meinung dazu sagen. Das kostet sie natürlich nichts.«

»Kommt nicht in Frage.« Kurt schmunzelte. »Es kostet uns jetzt erst einmal Kaffee und Kuchen. Sie sehen sich die Pläne an, und dann verhandeln wir Ihr Honorar.«

In einem Raum im rechten Flügel des Hauses, der einmal ein Gästezimmer werden sollte, stand bereits ein gedeckter Tisch. Feines weißes Porzellan mit rosa Blüten darauf, Silberbesteck, eine weiße Stofftischdecke. In einer Isolierkanne, die ein wenig das Gesamtarrangement störte, war Kaffee, auf einem Messingstövchen stand eine Glaskanne mit Tee. Carolina war fasziniert. Lissi hatte zwar erklärt, dass sie sich zwei Räume und die Küche soweit zurechtgemacht hatten, dass sie sich dort gut aufhalten konnten, trotzdem handelte es sich doch um eine Baustelle, bei der die Handwerker täglich ein- und ausgingen. Sie hätte es völlig in Ordnung gefunden, wenn Plastik- oder Pappgeschirr auf dem Tisch gestanden und Lissi gekauften Kuchen serviert hätte – falls überhaupt etwas – statt der selbstgebackenen Sanddorntorte. Carolina erfuhr, dass die Bauherren über dreißig Jahre ein Hotel auf der Insel geführt hatten.

»Wir haben drei Kinder, aber keins wollte den Schuppen übernehmen. Was haben wir bloß falsch gemacht?« Kurt setzte eine verzweifelte Miene auf, doch seine Augen blitzten belustigt.

Lissi erzählte, dass die drei andere Wege eingeschlagen hatten. »Jörg ist Meeresbiologe, Hinnerk gehört zum Ensemble des Leipziger Symphonieorchesters, er ist eine der beiden Oboen. Also, er spielt sie. Man sagt das so.« Sie kicherte. »Und Fine verkauft Versicherungen.« Sie platzte beinahe vor Stolz. Carolina war schwer beeindruckt von ihrer Haltung. Obwohl sie mit dem Hotel etwas aufgebaut hatten, das sie sicher gern in die Hände eines ihrer Sprösslinge gelegt hätten, war es für sie absolut in Ordnung, dass die andere Pläne hatten. Sie versprach den beiden gern, sich Gedanken über die Innengestaltung zu machen, bevor sie sich schließlich verabschiedeten.

Nachdem Jens sie am Hotel abgesetzt hatte, stopfte Carolina Badesachen in ihren großen bunten Stoffbeutel. Sie wollte den Nachmittag am Strand verbringen, wie andere Urlauber auch. Es würde ihr sicher gut tun, etwas Sonne zu tanken und einfach faul zu sein. Auf dem Weg sah sie zwei Kinder, einen Jungen und ein Mädchen, und hatte augenblicklich ein schlechtes Gewissen, weil sie Lara und Konrad den ganzen Tag noch nicht vermisst hatte. Irgendwie fühlte sie sich wie bei einer Zeitreise. Sie war wieder jung, unabhängig und voller Elan. Auch Lutz vermisste sie nicht, wenn sie es recht bedachte. Obwohl … sie würde ihm doch sehr gerne die Pläne des Hauses zeigen und mit ihm ihre

Ideen besprechen. Aber er hätte wohl ohnehin keine Zeit dafür. Kaum hatten sich die Grundrisszeichnungen in ihre Gedanken geschlichen, bereute Carolina es auch schon, sie nicht mitgenommen zu haben. Ihr war natürlich klar, dass das ein ziemlich dämlicher Einfall war. Allein die Vorstellung, dass Sand oder – noch schlimmer – Sonnencreme darauf landete, verursachte ihr Atemnot. Sie zog ihre Schuhe aus und stapfte durch den weichen Sand. Verflixt, war der heiß! Mit kleinen Schritten hüpfte sie ziellos umher, bis sie einen Platz erspäht hatte, wo sie sich niederlassen mochte.

In Baabe war deutlich mehr los als in Lobbe, stellte sie fest. Verstohlen sah sie die Menschen an, die verschiedene Stufen von Rot auf ihren Rücken, Bäuchen und Gesichtern zur Schau trugen. Waren das nicht die gleichen Gestalten wie an ihrem ersten Urlaubstag, an dem Carolina von hier nach Sellin gelaufen war? Ja, den weißhaarigen Mann mit dem Kugelbauch und dem auffälligen rosa-weiß geringelten Band an der Badehose erkannte sie definitiv wieder. Auch an die Mutter dreier Kinder mit ihrer riesigen Sonnenbrille, die locker als Visier eines Motorradhelms durchgehen könnte, erinnerte Carolina sich. Wie konnte man nur jeden Tag einfach herumliegen? Sie hatte ihr Sommerkleid ausgezogen und ordentlich gefaltet in die Tasche gelegt. Den Badeanzug hatte sie natürlich bereits im Hotel untergezogen. Vorsichtig, um möglichst wenig Sand auf ihr großes Handtuch zu krümeln, ließ sie sich nieder. Auf die Ellenbogen gestützt betrachtete sie das glitzernde Wasser. Wahrscheinlich konnte sie von den Urlaubern hier noch einiges lernen. Zum Beispiel Erholung. Sie seufzte, trommelte vergnügt mit den Fingern auf das Badelaken und wackelte mit den Füßen. Sie hatte sich mit Lissi und Kurt für den nächsten Vormittag verabredet. Dieses Mal würde sie mit dem Rad hinfahren. Und danach konnte sie gleich nach Binz radeln. Das Leben war herrlich! Blöd, dass ihre Hände zu kribbeln anfingen. Eingeschlafen. Kein Wunder bei der Haltung.

Carolina legte sich platt auf den Rücken und schüttelte die Hände wach. Sie sah hinauf zum knallblauen Himmel. Keine einzige Wolke weit und breit. Schade eigentlich. Sie hätte Figuren darin erkennen können, wie sie es als kleines Mädchen gern getan hatte. Hier einen Hundekopf, da ein Monster oder auch mal ein Brötchen. Es hatte viele Brötchenwolken gegeben. Hier gab es gar keine. Sie drehte sich auf den Bauch. Ihre Gedanken machten sich selbständig und waren plötzlich auf Vilm. Kurt hatte erwähnt, dass er die Arbeiten von Hundertwasser sehr bewunderte. Und er hatte gesagt, der Vorteil an der Bäderarchitektur sei doch, keiner Stilrichtung verpflichtet zu sein. Auch Lissi hatte davon gesprochen, gerne mit Gegensätzen spielen zu wollen. Nur hatten beide eben keinen Schimmer, wie das gelingen konnte, ohne das Haus in die Kulisse für ein Kasperletheater zu verwandeln. Glücklicherweise hatten sie ja jetzt Carolina. Und der war mit einem Schlag klar, dass sie ihre Vilm-Idee in der Selliner Villa würde umsetzen können. Wohnen wie im Freien – das würde Lissi und Kurt gefallen. In einer einzigen schnellen Bewegung sprang sie von der Bauchlage in den Vierfüßlerstand, zog ihr Kleid aus der Tasche, noch während sie sich vollständig aufrichtete, warf es über und machte sich auch schon auf den Weg. Sie würde schon noch schwimmen gehen und sich erholen. Überhaupt, wie konnte man sich wohl besser erholen als mit einer Beschäftigung, die man liebte?

Nur eine knappe Stunde nachdem sie sich auf den Weg gemacht hatte, war sie wieder im Hotel. Sie rollte behutsam die Grundrisszeichnungen auf und ging damit zur Rezeption.

»Guten Tag. Was kann ich für Sie tun?« Die Mitarbeiterin, die versuchte, ihre rötlich-braune Lockenmähne mit einem Gummiband zu bändigen, sah sie freundlich an.

»Guten Tag. Wäre es wohl möglich, dass Sie mir Kopien hiervon anfertigen, bitte? Ich bezahle das natürlich.« Carolina nannte ihre Zimmernummer.

»Aber natürlich, kein Problem. Darf ich?« Der Lockenkopf griff nach den Unterlagen und verschwand damit in einem Büro, das direkt hinter der Rezeption lag. Carolina konnte das Schnarren und Rumpeln des Vervielfältigungsgeräts hören. Kurz danach war die Mitarbeiterin wieder da.

»Ich möchte nicht neugierig erscheinen. Es ist nur so, dass ich eigentlich in Berlin Architektur studiere. Ich arbeite nur während der Semesterferien hier. Sind Sie Architektin?«

»Innenarchitektin«, antwortete Carolina. Und im Geist fügte sie hinzu: »… wäre ich gern. Leider fehlt mir jegliche praktische Erfahrung.«

»Interessant.« Lockenköpfchen bekam leuchtende Augen. »Dann sind Sie beruflich hier und haben mit dieser tollen Bäderarchitektur-Villa zu tun?«

»Ja. Sie wird saniert. Ich habe ein Auge drauf, dass möglichst viel vom Originalzustand erhalten bleibt beziehungsweise wieder hergestellt wird.« Sie fachsimpelten noch ein wenig. Das machte aber auch zu großen Spaß. Dann trat ein Gast an die Rezeption und beendete ihre angeregte Plauderei.

Carolina war sehr zufrieden. Nun konnte sie erstens die Originale am nächsten Tag gleich wieder unversehrt bei Lissi und Kurt abliefern, zweitens konnte sie auf den Kopien Notizen und Skizzen machen. Sie war aufgeregt wie jemand, der gerade den Abschluss in der Tasche und seinen ersten Auftrag hatte. Und ein bisschen war es ja auch so. Sie packte Kopien und Bleistifte zusammen, lief die Strandstraße herunter und ließ sich in einem Café am Kurpark mit Blick auf das Meer nieder. Ihr blieben nur vier Tage und der Rest von heute, um Lissi und Kurt etwas an die Hand zu geben, womit sich etwas anfangen ließe. Unmöglich! Sie entschied, dass es das Beste wäre, sich auf ein grobes Konzept zu konzentrieren. Wenn es den beiden gefiel, konnte Carolina von zu Hause aus die Feinarbeiten erledigen und ihnen ihre Entwürfe per E-Mail schicken.

Vielleicht würden die Bauherren auch Fahrtkosten und Unterkunft übernehmen, damit sie für ein weiteres Wochenende kommen und sie vor Ort unterstützen könnte. Ihr Herz machte einen Freudensprung. Als junges Mädchen hatte sie durchbrennen wollen, um auf Rügen zu bleiben. Genau genommen hatte sie abhauen wollen, um bei Jens zu sein. Jetzt bot sich womöglich die Chance für kleine Fluchten aus ihrem Alltagswahnsinn. Die Aussicht auf ein mehrere Monate dauerndes Projekt, auf Zeiten, die nur ihr gehörten, in denen sie nicht mehr Gattin und Mutter, sondern Innenarchitektin und Frau war, ließ sie geradezu euphorisch werden. Wäre sie ganz ehrlich zu sich selbst, hätte sie zugeben müssen, dass auch der Gedanke, Jens immer mal wiedersehen zu können, einen nicht unerheblichen Anteil an ihrer Begeisterung hatte.

Sie blinzelte vergnügt in die Sonne und nahm jetzt erst die vier Damen aus ihrem Hotel wahr. Molli schaufelte gerade einen Eisbecher in ihre Figur. Wahrscheinlich bevorzugte sie zum Mittag nur eine Kleinigkeit, weil sie abends ausgiebig schlemmen wollte. Das Model hatte einen Salat vor sich, die Intellektuelle eine Antipasti-Auswahl und die Unsichtbare einen Teller Nudeln.

»Neulich habe ich im Fernsehen eine Reportage über Sport im Haushalt gesehen«, berichtete das Model. Sie hatte ein Tuch um den Kopf geschlungen und sah mit ihrer großen Sonnenbrille aus wie eine Hollywood-Diva.

»Dafür wäre bei mir gar kein Platz. Ich würde ständig einen Stapel Bücher umstoßen oder womöglich eine meiner Skulpturen.« Die Intellektuelle schüttelte verständnislos den Kopf. »Gibt es dafür nicht Turnhallen?«

»Nein, es ging doch um die Verbindung von Hausarbeiten und sportlicher Betätigung«, erklärte das Model nachsichtig. »Liegestütz beim Bodenschrubben, Sit-ups beim Staubwischen, solche Sachen.« Die drei anderen fingen an zu kichern. Auch Carolina konnte sich ein Grinsen nicht verkneifen. Drollige Vorstellung. »Ich weiß, das klingt witzig«, führte sie unbeirrbar aus. »Aber der Kalorienverbrauch durch ein paar Extra-Übungen, die sich leicht in die Hausarbeit integrieren lassen, ist nicht zu verachten.«

»Hört, hört!«, meinte die Intellektuelle, die anderen brachen wieder in Gelächter aus.

»Die haben das in einem Experiment wissenschaftlich untermauert. Und die Autorin war auch im Studio.«

»Die Autorin?« Die Unsichtbare zog fragend die Augenbrauen hoch.

»Ja, die hat ein Buch darüber geschrieben.«

»Lass mich raten, der Titel ist *Schlank und schön durch Hausarbeit*. Und die Autorin war ein Autor«, mutmaßte Molli.

»Nein, es heißt *Saug dich schlank*!« Weiter kam sie nicht. Die Frauen schlugen sich auf die Schenkel und gackerten so laut, dass kein weiteres Wort möglich war. Auch Carolina kicherte. Dann wurde sie von einer Stimme abgelenkt, die ihr zutiefst vertraut war.

»Mami«, flüsterte es leise. Dann lauter: »Mama …« Sie sah sich irritiert um. Das klang ziemlich dumpf, war aber eindeutig Laras Tonfall, wenn sie ungeduldig wurde. »Mama!«, brüllte es schließlich. »Mamaaa!« Kein Zweifel, das Rufen kam aus Carolinas Strandtasche.

»Lieber Himmel, kann mal jemand diese Göre zur Ruhe bringen?«, fragte Molli genervt und sah sich suchend um. »Wo steckt die überhaupt?«

»In meinem Beutel«, entgegnete Carolina und schenkte den Vieren ein Lächeln. Dann tauchte sie kopfüber in ihre Tasche und fischte ihr Mobiltelefon heraus. Herrje, sie musste unbedingt einen anderen Klingelton einstellen. Wie sollte sie Jens das Kindergeschrei im Handy einer unabhängigen Single-Frau erklären, falls sie mal angerufen wurde, während sie mit ihm zusammen war?

»Jens, hallo«, sagte sie, als sie das Telefon endlich am Ohr hatte. Kleine Hummeln krabbelten in ihrem Bauch herum. »Ja, das passt.« Er wollte sie abholen, um ihr etwas zu zeigen. Er klang aufgedreht. Noch mehr Hummeln. »Gut, ich freue mich. Bis dann!«

Ziel des Überraschungsausflugs war Alt Reddevitz. Jens ließ den Mercedes mit heruntergekurbelten Fenstern auf einem Grünstreifen an der Seite einer Straße zurück. Jerry lief voraus. Er kannte offensichtlich den Weg.

»Wusstest du, dass der Name Reddevitz aus dem Slawischen kommt. Der Ort hieß früher einmal Radovica.«

»Was bedeutet das?«, wollte Carolina wissen.

»Froh.« Jens lächelte sie an.

»Ein schöner Name. Wer möchte da nicht wohnen?«

»So ziemlich alle Touristen, die Rügen besuchen.« Jetzt lachte er. »Ist auch gut so. Mit Mönchgut bleibt der Insel wenigstens noch eine Oase der Ruhe erhalten. Stell dir vor, es wäre überall gestopft voll.«

»Das wäre furchtbar«, stimmte sie zu. »Wohin gehen wir?«

»Sei nicht so ungeduldig.« Er knuffte sie in die Seite.

»Hey!« Sie boxte zurück.

»Hast du ein Glück, dass Jerry abgelenkt ist, sonst würde er dir jetzt die Zähne in den Arm schlagen.«

»Wirklich?«

Er lachte. »Nein!« Sie boxte ihn noch einmal. »Übertreibe es nicht. Verteidigen würde er mich schon.«

Eine Weile spazierten sie schweigend über die Landzunge, die wie ein Pfeil in die Ostsee ragte und auf die Südspitze des Vilm zu zeigen schien. Der Raps war bereits verblüht. An seine Stelle waren rot leuchtender Mohn und blaue Kornblumen getreten. Das Meer hatten sie stets fest im Blick. Carolina überlegte, dass, ganz gleich, was sie gleich zu sehen bekäme, es auf jeden Fall neu für sie war.

Sie hatte mit ihrer Mutter keine Sehenswürdigkeit in diesem Teil Rügens besucht. Sie wusste nicht einmal, dass es hier überhaupt etwas Sehenswertes gab. Dabei war allein die Landschaft spektakulär, fand sie.

»Die meisten Ortsnamen auf Mönchgut kommen übrigens aus dem Slawischen«, nahm er das Thema wieder auf. »Lobbe steht für Stein. Zicker hat nichts mit Zicke zu tun, wie man denken könnte. Es kommt von Sikora, und das heißt Meise.«

»Interessant.« Sie sah ihn von der Seite an und musste sich eingestehen, dass sie ihn unterschätzt hatte. Nie hätte sie ihn sich als Reiseleiter vorstellen können, der etwas über seine Heimat zu erzählen wusste. Aber Jens war eben immer für Überraschungen gut.

»Okay, das war genug Auslauf für Jerry«, stellte er irgendwann fest. Er pfiff auf zwei Fingern. Auf der Stelle hob der Hund, der bestimmt hundert Meter von ihnen entfernt den Boden beschnüffelte, den Kopf und kam auch schon angerannt. Sie gingen zurück und weiter in den Kern des kleinen Ortes. Fachwerkhäuschen gab es hier mit Reetdächern, auch ein paar neue Gebäude, Ferienhäuser vermutlich, die mit ihrer roten Holzverkleidung schwedisch anmuteten. Feldsteinmauern fassten viele Grundstücke ein. Auf ihren Rücken blühten Lavendel, Rosen und Schmetterlingssträucher, die ihrem Namen alle Ehre machten. Weiße, gelbe und rot-gemusterte Schmetterlinge hockten auf den blau-lila Rispen. Überall schwirrten Bienen und Hummeln. Idylle pur, dachte Carolina. Wieder lief Jerry voraus zu einem hufeisenförmig angelegten Gebäude. Es konnte einmal ein Gutshof oder einfach das Haus eines Bauern mit angesetzten Stallungen gewesen sein. Die Balken des Fachwerks machten einen guten Eindruck, und auch der Putz sah aus, als halte jemand ihn in Stand. Die Fensterrahmen begannen allerdings zu verrotten, und das hässliche Betonpflaster, mit dem der Vorplatz verschandelt worden war, wurde von den Wurzeln stattlicher Linden angehoben. Es musste dringend in Ordnung gebracht oder noch besser ausgetauscht werden, bevor jemand stolperte und sich verletzte. Noch eine Baustelle, auf die sie einen Blick werfen sollte?

»Freunde von mir wollen hier ein Museum einrichten, das den Alltag der Fischer und Bauern Rügens lebendig präsentiert. Cool, oder?« Jens erwartete keine Antwort. Er schob die Hand in die Hosentasche seiner engen Jeans. »Alle sind immer total vernarrt in die Bäderarchitektur. Dabei wurden die meisten Villen von irgendwelchen Industriellen oder Bankheinis vom Festland gebaut. Was hat das bitteschön mit Rügen zu tun?« Dieses Mal erwartete er wohl, dass sie etwas sagte, aber Carolina zuckte nur mit den Schultern. »In den Fischerhäusern steckt die echte Tradition der Insel. Wände aus Lehm und Stroh, zweckmäßige, aber trotzdem richtig hübsche Einrichtungsgegenstände, das ist Rügen. Nicht dieser ganze Jugendstilkram.« Er machte eine wegwerfende Handbewegung und schloss auf.

»Das ist ja alles richtig, obwohl ich denke, auch der Einfluss der Festländer gehört zu Rügen, zu seiner Entwicklung.« Er enthielt sich eines Kommentars. »Gibt es nicht in Göhren schon ein Museum, das sich genau dem Thema widmet?«

»Dieses hier wird anders, lebendiger. Die wollen altes Handwerk vorführen und Lesungen aus alten Rügenromanen veranstalten. Überhaupt soll das nicht nur ein Museum, sondern auch eine Event-Location werden.«

»Aha«, sagte sie tonlos. Eine Event-Location war natürlich sehr traditionell.

»Es gab schon kleine Konzerte und so. Ist super angekommen.« Er strich sich das lange blonde Haar hinter das Ohr. »Ich mache das Catering, deshalb habe ich auch einen Schlüssel.«

»Interessante Freunde hast du«, sagte Carolina, als sie eintraten. »Die einen sanieren eine alte Villa, die anderen gründen ein Museum.« Sie dachte daran, was ihre Freundinnen so taten. Gurken einlegen, Taschen filzen und den Alltag organisieren, genau wie sie.

»Ich bin ja auch ein interessanter Typ.« Er warf ihr einen dieser Blicke zu, die auf sie wirkten wie ein großes Glas Rotwein auf ex.

»Wie gut, dass du nicht eingebildet bist.« Akzeptable Antwort, nur das dümmliche Gekicher hätte sie sich sparen sollen. Es war nicht zu übersehen, wie sie ihn anschmachtete.

Im Inneren war es überraschend düster. Es roch ein wenig muffig. Jens ging voraus und öffnete eine Doppelflügeltür.

»Darf ich bitten?«, sagte er und führte sie in zwei ineinander übergehende Säle. »Hier sind die Ausstellungsstücke untergebracht, die sie bisher zusammengesammelt haben. Die Jungs horten natürlich noch weiter, was sie kriegen können, aber es ist ein guter Anfang, finde ich.« Jerry bezog vor dem Eingang Stellung. »Guck dir alles ganz in Ruhe an«, forderte Jens sie auf. So skeptisch Carolina der Idee des Museums gegenüberstand, weil es wenige Kilometer entfernt bereits ein sehr gutes gab, so angetan war sie von den Möbeln und zauberhaften Details, die sie zu sehen bekam. Da waren mit Leder bezogene Stühle mit dicken sichtbaren Nieten, die die Bespannung hielten. Dazu passend entdeckte sie kleine Fußbänkchen. Unter der Platte eines Esstisches waren auf jeder Längsseite zwei Schubladen eingelassen. Sehr praktisch. Wenn man Jugendstilknöpfe oder geschwungene Griffe aus Messing montierte, würde das Ganze auch noch gut aussehen.

»Ich ahne, warum du mir das alles vorführst«, sagte Carolina, nachdem sie sich einen Überblick verschafft hatte. »Ich soll Elemente davon in die Villa integrieren, stimmt's?«

»Kluges Mädchen.« Er strahlte sie an.

»Tja, ich kann Gedanken lesen.«

»Wirklich?« Seine Stimme nahm einen samtigen Ton an, und er setzte schon wieder seinen Rotwein-Blick auf. »Was denke ich jetzt gerade?«

Nicht weit von ihnen stand ein Doppelbett mit Baldachin und blau-weiß karierter Wäsche. Das Licht war schummrig, sie waren allein, und die Chancen standen gut, dass hier so schnell auch niemand auftauchte. Sie waren ungestört … Carolina wäre jede Wette eingegangen, in diesem Fall tatsächlich seine Gedanken erraten zu können.

»Du denkst, wie schön es doch wäre, wenn ich dir jetzt eine Einführung in die Welt der Innenarchitektur liefern würde.«

»Daneben.« Er hockte lässig auf einem Tischchen, das Carolina an ein Schulpult erinnerte, und sah ihr fest in die Augen.

»Okay, das war die jugendfreie Variante, die du möglicherweise im Hinterkopf hattest, um einen anständigen Eindruck zu vermitteln.« Sie hielt seinem Blick stand. »In Wirklichkeit drehen sich deine Gedanken darum, mich auf der Stelle flach zu legen und da weiterzumachen, wo wir vor bummelig zwanzig Jahren aufgehört haben.« Holla, die Waldfee, eine Stunde Sonne hatte ihr offenbar schon das Hirn aufgeweicht. Eine andere Erklärung gab es nicht dafür, dass sie derartig mit dem Feuer spielte.

»Sieh an, du kannst es wirklich.« O Gott, jetzt war es raus. Er wollte mit ihr in die Kiste steigen. Ganz sicher dachte er, dass sie auch wollte. »Was heißt überhaupt: …, wo wir vor zwanzig Jahren aufgehört haben?« Er stand auf und schlenderte auf sie zu. Puh, die Luft zwischen ihnen prickelte wie Champagner. Nein, noch besser. Sie durfte nur die Notbremse nicht aus den Augen verlieren. Jetzt stand er vor ihr und legte ihr einen Finger unter das Kinn. »Du hast dich damals am Strand geziert und gemeint, du willst noch warten. Ich verstehe bis heute nicht, worauf.« Seine Stimme wurde rau. Sein Gesicht kam ihrem gefährlich nahe. Selbst sein Geruch hatte sich nicht verändert, schoss ihr durch den Kopf. Panisch überlegte sie, was sie tun sollte. Zu spät. Seine Lippen legten sich auf ihre. So, das war sehr angenehm und als Urlaubsflirt wohl gerade noch vertretbar, aber nun musste sie ihn aufhalten. Oder besser sich selbst. Was genau bezweckte sie mit ihrer Hand in seinem Nacken? Er hatte seine Arme locker um ihre Taille gelegt und kraulte die Stelle über dem Steißbein. Wie gut, dass sie ein Kleid trug und kein T-Shirt, unter das seine Finger hätten schlüpfen können.

»War die Wartezeit lang genug?«, murmelte er an ihrem Ohr.

»Ja«, hauchte sie. Wie lange war es her, dass sie das letzte Mal Erregung und Begierde gespürt hatte? Viel zu lange! Seine Zungenspitze spielte mit ihrem Ohrläppchen. Ein verräterisches Zittern lief durch ihren Körper. Sie hörte ihn leise lachen. Jens griff nach ihrer Hand.

»Aber wir sind nicht am Strand«, warf sie atemlos ein. »Ich habe keine zwanzig Jahre gewartet, um den romantischen Strand gegen eine karierte Koje zu tauschen, die womöglich am Ende noch unter uns zusammenbricht.« Sie trat einen Schritt auf den knarzenden Dielen zurück und konzentrierte sich auf das Bett, um schnellstens die Kontrolle über sich zurückzugewinnen. »Mitte neunzehntes Jahrhundert, schätze ich. Es ist zu befürchten, dass es keine großen Erschütterungen mehr aushält.« Sie zuckte mit den Schultern und lächelte ihn an. »Pech für uns. Richtige Zeit, aber falscher Ort.« Damit schlängelte sie sich an ihm vorbei, verließ den Raum, durchquerte die Diele und trat hinaus ins Freie.

Wenig später saßen sie in der *Dicken Flunder*. Dorothee hatte ihnen Mecklenburger Schweinesülze mit Bratkartoffeln und Remoulade serviert. Ein bisschen mächtig bei der

Hitze, fand Carolina, aber das war das Tagesgericht und hatte sich nun einmal schlecht verkauft.

»Lissi und Kurt sind Rüganer in der x-ten Generation«, knüpfte Jens an ihr Gespräch in Alt Reddevitz an. Was zwischen ihnen gewesen war, oder besser: nicht gewesen war, hatte er nicht mehr erwähnt. »Kurt stammt sogar von Fischern ab. Die zwei mögen zwar auch dieses feine Gedöns, sind aber im Grunde echt bodenständig.« Sie wusste, dass er recht hatte, und begann im Geiste bereits mit der Umsetzung. Ein Spinnrad würde sich zur Dekoration in der Diele sehr gut machen. Auch ein schlichter quadratischer Tisch mit Regalaufsatz hatte Carolina gut gefallen. Vor den Regalböden waren Leisten angebracht, so dass man große Teller oder Schalen aufrecht dahinter stellen konnte. Die Tortenplatte, die Lissi von ihrer Großmutter geerbt hatte, würde auf diese Weise ebenso zur Geltung kommen wie eine bunte Spaghettischüssel. Ein wenig abseits, nicht weit von dem Doppelbett, hatte eine Holztruhe mit aufwändigen Beschlägen gestanden. Natürlich, eine Truhe brauchten die beiden auch. Am besten wäre eine aus Familienbesitz, auf der im Deckel ein Name oder eine Jahreszahl vermerkt wäre.

»Ich finde deine Idee super.« Sie schob den halbvollen Teller von sich. »Ist wirklich gut«, erklärte sie eifrig. »Bei diesen Temperaturen kann ich nur nicht so viel essen.« Sie zuckte entschuldigend die Schultern. Dann rollte sie die Kopie der Bauzeichnung auseinander und notierte, welches Möbelstück ihrer Meinung nach in welchem Raum am besten zur Wirkung kam. »Weißt du, was das Beste ist? Der Alt-Rügener Stil der einfachen Leute passt super zu dem Konzept, das ich mir für die Villa überlegt habe.«

»Echt? Cool!« Er machte sich über den Rest ihrer Schweinesülze her.

Carolina erzählte ihm von ihrem Natur-Einfall. »Ich würde gern mit der Trompe-l'œil-Technik arbeiten.« Er legte die Stirn in Falten. »Optische Täuschung, Illusionsmalerei«, erklärte sie voller Begeisterung. »Man könnte eine Wand so gestalten, dass sie einer Baumrinde gleicht. Oder man setzt ein dreidimensionales Bild über einen Fensterrahmen und lässt es wirken, als würde ein Ast in das Zimmer wachsen.«

»Das kannst du?« Er war beeindruckt, daran ließen seine Stimme und seine Miene keinen Zweifel.

»Ich habe das früher mal ausprobiert. Ist ganz ordentlich gelungen«, sagte sie bescheiden und freute sich über seine Bewunderung. »Trotzdem würde ich Lissi und Kurt dafür unbedingt einen Fachmann empfehlen.«

Er hatte auch noch den Rest ihrer Portion verspeist und lehnte sich satt und zufrieden zurück. Sein Gesichtsausdruck verriet, dass er schon wieder einen Einfall hatte. »Dann könnte man auch Einrichtungsgegenstände einfach aufmalen, oder?«

»Ja, theoretisch …«, entgegnete sie zögernd. »Man darf es nur nicht übertreiben mit dem Einsatz dieser Technik.«

»Nee, aber, du könntest zum Beispiel in die Küchenecke ein altes Butterfass malen. Die Dinger sind schwer zu kriegen. Außerdem staubt ein echtes Exemplar nur ein. Aber ein gemaltes wäre doch …«

»Cool«, sagte sie und lachte. »Stimmt.« Sie machte einen entsprechenden Vermerk auf ihren Unterlagen. »Hier könnte man eine Art déco-Figur aufstellen oder eine Lampe und gleich daneben so ein Regal für Teller. Dann müsste man natürlich dort Art déco wieder aufgreifen.« So ging es munter weiter. Einer von beiden hatte eine Idee, der andere ergänzte sie oder machte einen Änderungsvorschlag. Jens war derartig Feuer und Flamme für das Projekt, dass man meine könnte, es ginge um sein eigenes Haus. Dass er immer lauter sprach, lag jedoch daran, dass es immer voller geworden war. So gut gefüllt hatte Carolina sein Restaurant noch nie erlebt. Trotzdem machte er keine Anstalten, in der Küche nach dem Rechten zu sehen oder Dorothee zu unterstützen.

»Ganz schön was los«, meinte sie.

»Is am Dienstag immer so. Da haben die Surfer und Segler aus Thiessow immer Stammtisch.« Jetzt verstand Carolina auch, warum alle Gäste ihn gegrüßt hatten, die angekommen waren. Das hatte sie am Rande wahrgenommen.

»Müsstest du dich nicht um die kümmern? Ist immerhin ein Stammtisch, dann sind das doch wohl auch Stammgäste.«

»Jo. Und das bedeutet, die kennen mich.« Er grinste breit. »Nee, entspann dich! Is alles gut.«

»Na ja, aber Dorothee muss ganz schön rennen.« Sie sah sich um. »Die Leute müssen auf ihr Essen warten, und der Chef sitzt gemütlich beim Plausch mit einer alten Freundin. Macht nicht den besten Eindruck, finde ich.«

»Mir ist es wurscht, was die Leute von mir denken.« Er warf sein Haar zurück. »Weißt du, was viel wichtiger ist?« Jetzt beugte er sich vor und legte die Unterarme bequem auf dem Tisch ab. »Glaubst du, dass du dich auf deinem Sterbebett mal über die vielen Stunden treuer Pflichterfüllung freuen wirst?« Er sah sie ernst an.

»Um ehrlich zu sein, habe ich mir darüber noch keine Gedanken gemacht. Ich plane nämlich in absehbarer Zeit noch nicht, in die letzte aller Kisten zu springen.«

»Bloß fragt dich keiner danach, was du planst oder nicht. Das kann so verdammt schnell gehen. Plötzlich wachst du auf und bist tot.« Sie musste lachen, verstummte aber augenblicklich wieder. Es war ihm wirklich ernst. »Nee, du wirst dich über das ärgern, was du nicht getan hast.« Langer tiefer Blick. Carolina konnte schon wieder Gedanken lesen. Aber dieses Mal lag sie falsch. »Du bist für ein paar Tage hier, und Lissi und Kurt wollen es so schnell wie möglich schön haben. Was soll ich deiner Ansicht nach also machen? Kartoffeln schälen und Teller schleppen oder mich kurzfristig um ein Projekt kümmern, das gerade mächtig spannend wird und zwei lieben Freunden enorm viel bedeutet?«

Carolina war schwer beeindruckt. Wenn sie darüber nachdachte, was sie manches Mal ganz oben auf ihrer Wichtigkeitsliste stehen hatte, fand sie sich plötzlich lächerlich. Wie unerheblich war es, ob ihr Mann stets frisch gebügelte Hemden im Schrank hatte, wenn sie in der Bügelzeit lieber für das Überleben der Delphine kämpfen konnte? Etwas anderes fiel ihr spontan nicht ein. Als Kind hatte sie immer Delphinforscherin werden wollen. Bestimmt würden sich jede Menge Dinge finden lassen, mit denen sie ihre Zeit sehr viel sinnvoller verbringen konnte, als mit Lutz' Hemden. Und der könnte sich Jens' Philosophie auch gleich mal hinter die Ohren schreiben! Mist, sie hatte Lutz anrufen wollen. Carolina sah auf die Uhr. Jetzt war es zu spät. Die Stunden waren irgendwie kürzer, wenn sie mit Jens zusammen war.

Neue Freunde

Die vier Grazien vom Nachbartisch tauchten auf, als Carolina gerade das Frühstück beendet hatte. Es sollte ihr gründlich egal sein, wie andere herumliefen. Andererseits hatte sie nun einmal Innenarchitektur studiert. Wer sich für die Gestaltung von Räumen interessierte, der hatte auch ein Auge für Fassaden. Und das Kleid, das Molli an diesem Morgen trug, schrie nun wirklich: »Ich war mal ein Sofa!« Schlimm. Der Schnitt schummelte zu allem Überfluss weitere vier Kilo auf Mollis Hüften. Mindestens.

Ein leises »Mami«-Rufen ließ Carolina erstarren. Der blöde Klingelton. Sie musste ihn wirklich abstellen. Im Bruchteil einer Sekunde hatte sie ihr Mobiltelefon am Ohr.

»Ja?«

»Guten Morgen, Ehefrau.« Das war Lutz! Ach ja, sie hatte ja einen Ehemann. Den hätte sie beinahe vergessen, so überzeugend war sie als Single-Lady.

»Guten Morgen. Ist etwas passiert?« Sie trat vor das Hotel. Dort hatte sie besseren Empfang. Besser hören konnte sie ihn nicht, denn gerade in diesem Augenblick tutete die Lok des Rasenden Roland.

»Nein, keine Sorge, hier ist alles im Lot«, meinte sie verstehen zu können. Gott sei Dank! Sofort suchte sie ein schrecklich schlechtes Gewissen heim wegen der prickelnden Begegnung mit Jens am Vortag.

»War doch nur ein Kuss unter alten Freunden«, beruhigte sie Jeannette in ihrem Ohr.

»Schäm dich«, schimpfte dagegen Hildegard, »das war viel mehr als das. Vor allem wolltest du mehr!« Mist, erwischt! Carolina hatte nicht mehr zugehört. Nun hatte der Zug, in dem die Passagiere zum Teil in offenen Waggons saßen und die Morgensonne genießen konnten, die Straße überquert und war hinter den Häusern verschwunden.

»Omi Anna hat den Kindern Schuhe aus hundert Prozent Plastik gekauft«, hörte sie Lutz sagen. »Sie meint, da stinken zwar die Füße, aber das Gewissen bleibt sauber, weil keinem Tier dafür das Leder über die Ohren gezogen wurde.«

»Na, prima.« Sie seufzte. »Da haben wir den beiden, schon bevor sie laufen konnten, gepredigt, wie gut Naturmaterialien sind und dass Plastik zum Untergang des Abendlandes führen wird, wenn wir nicht aufpassen, und dann fällt Omi Anna uns derartig in den Rücken.«

»Wir müssen das unbedingt in Ordnung bringen«, erklärte Lutz. »Früher oder später bringen Lara und Konrad selbst Geld unter die Leute.« Pause. »Vor allem Lara.« Er machte erneut eine Pause.

»Wieso? Du glaubst doch nicht, dass Jungs weniger Kohle auf den Kopf hauen.« Sie sah ein gigantisches Mischpult mit Mörder-Lautsprechern vor sich, frisierte Mofas und kiloweise Haargel.

»Das nicht, aber Lara wird vermutlich mehr Geld zur Verfügung haben. Das Schuhgeschäft hatte irgendein Jubiläum. Deswegen haben die jedem Kunden, der in den Laden kam, eine Lostrommel unter die Nase gehalten. Stell dir vor, Lara, unser kleiner Glückskeks, hat den Hauptgewinn gezogen.«

»Echt? Cool«, antwortete Carolina ganz automatisch und hätte sich im nächsten Moment auf die Zunge beißen können. Sie konnte Lutz Irritation förmlich hören. »Das heißt?«, fragte sie schnell.

»Sie hat ein Sparbuch über tausend Euro abgeräumt. Die Zinsen sind nicht gerade üppig, trotzdem wird einiges zusammenkommen, bis sie achtzehn ist.«

»Unsere Kleine!« Sie musste lächeln. »Da hat sie ja wirklich ein großes Los gezogen. Gratuliere dem Glückskind bitte von mir, ja? Das ist eine tolle Neuigkeit.«

»Sonst hätte ich dich nicht angerufen«, versicherte Lutz ihr. »Du hast schließlich Familienauszeit. Aber das musste ich dir einfach erzählen.«

»Ja, eine gute Entscheidung.« Sie schwiegen beide.

Dann sagten sie gleichzeitig: »Und, alles gut bei dir?« Sie lachten unsicher.

»Du zuerst«, forderte Lutz sie auf.

»Bei mir ist alles wunderbar. Rügen ist so schön. Wir müssen unbedingt mal mit den Kindern herkommen. Alle zusammen. Das Tuten vorhin war der Rasende Roland. Es würde den beiden Freude machen, damit durch die Gegend zu fahren.«

»Mir auch. Bist du schon damit gefahren?«

»Nein, bisher noch nicht. Aber das werde ich noch. Ich erhole mich prächtig«, sagte sie. Für einen kurzen Moment wollte sie von dem Auftrag erzählen, doch sie merkte schnell, dass sie zu weit ausholen müsste. Vor allem musste sie Jens erwähnen, und danach war ihr nicht zumute. »Es ist herrlich, so ganz ohne feste Termine und ohne Uhr«, schwärmte sie. »O Mist, ich muss los!«

»Ich denke …«

»Das erkläre ich dir später. Jetzt muss ich mich wirklich beeilen.« Sie hatte Jens versprochen, Jerry bei ihm abzuholen und mit zu Lissi und Kurt zu nehmen. Jens müsse zum Großmarkt, hatte er gesagt. »Danke für den Anruf. Und ganz liebe Grüße an alle«, rief sie, während sie zu ihrem Zimmer lief, um ihre Tasche zu holen.

»Tja, dann wünsche ich dir einen schönen Tag.« Lutz klang verwirrt. Sie musste ihn unbedingt in Ruhe zurückrufen. »Du fehlst mir, Carolina. Ich hab dich lieb«, sagte er leise.

»Das ist schön. Du, ich muss jetzt wirklich. Nicht böse sein, ja. Bis dann!«

Sie war später in Sellin, als sie geplant hatte. Wenigstens konnte sie die Schuld zum Teil Jens in die Schuhe schieben, der ihr seinen Hund aufs Auge gedrückt hatte. Das war nicht gerade nett, aber Jens' Schuhe waren groß genug, entschied sie.

Auf dem Hof parkte das Fahrzeug eines Innenausstatters, die Haustür stand offen. Schon von weitem hörte sie Kurt brüllen: »Du büst doch 'n Snorklappen!«

»Nun beruhigen Sie sich aber mal«, war eine leisere Stimme zu hören.

»Nee. Dat gifft watt op de Klüüsen, Mensch.«

Carolina ließ Jerry vor dem Eingang Sitz machen. Zu ihrer Verblüffung gehorchte er. Dann klopfte sie vorsichtig an den Türrahmen.

»Guten Morgen«, rief sie betont fröhlich.

»Moin«, entgegnete Kurt und sprach weiter, während der Mann im Arbeitsoverall, den er soeben als Snorklappen betitelt hatte, eine Begrüßung nuschelte. »Kommst gerade richtig. Nu guck dir man den Schlamassel an!« Er deutete auf eine Stelle am Boden nahe der geschwungenen Treppe, die in das obere Stockwerk führte.

»Kann ich ahnen, dass das Zeug so dünn ist?«, ereiferte sich der Handwerker.

»Jo!« Kurt warf ihm einen finsteren Blick zu. »Könntest du, wenn du was könntest.« Carolina sah sich die Sache aus der Nähe an. Der Unglücksrabe hatte beim Anheben des PVC-Belages eine hässliche Kerbe in die darunter liegende Diele gehackt.

»Scheint ziemlich tief zu sein«, sagte sie nachdenklich. »Wenn man das schleifen will, gibt es eine ordentliche Mulde. Am besten tauscht man ein Brett aus.« Sie sah auf. Kurts Miene hatte sich noch mehr verfinstert. »Das ist jedenfalls meine laienhafte Einschätzung«, fügte sie schnell hinzu. Die beiden Männer beachteten sie nicht mehr, sondern stürzten sich in eine eifrige Diskussion. Glücklicherweise tauchte Lissi auf.

»Noch immer dicke Luft?«, fragte sie leise, nachdem sie Carolina wie selbstverständlich zur Begrüßung in den Arm genommen hatte. Die nickte nur. »Besser, wir machen uns erst mal aus dem Staub«, sagte sie und zwinkerte ihr verschwörerisch zu. »Ich habe gesehen, dass du Jerry mitgebracht hast.«

»Ja, Jens muss wohl auf den Großmarkt.«

»Soso«, meinte sie und setzte eine Miene auf, die Carolina nicht deuten konnte. »Ich hole schnell Mary Poppins, dann machen wir uns dünn.« Weg war sie. Carolina trat schon mal ins Freie, bevor sie in der Diele doch noch in die Schusslinie geriet. Es dauerte gar nicht lange, da erschien Lissi mit einer Rauhhaardackeldame.

»Darf ich vorstellen? Das ist Mary Poppins.« Die interessierte sich in erster Linie für Jerry. Schwanzwedelnd hüpfte sie um ihn herum und ließ sich gerne ausgiebig beschnuppern. »Wir lassen sie normalerweise zu Hause. Wir dachten aber, es könnte heute länger dauern. Es haben sich, glaube ich, drei oder vier Handwerker angemeldet.«

»Dann hätte ich heute nicht auch noch kommen sollen.«

Lissi legte ihr eine Hand auf den Arm. »Doch, du bist uns doch am wichtigsten. Lieber hätten wir allen anderen abgesagt.« Sie lächelte sie freundlich an.

»Der Raumausstatter wäre auf jeden Fall froh gewesen, wenn ihm der Termin heute erspart geblieben wäre«, sagte Carolina lachend.

Sie gingen, die beiden Hunde an der Leine, ein Stück die Straße hinauf und dann über einen schmalen Trampelpfad zum Hochuferweg. Die teilweise knorrigen Bäume, vom ewigen Wind gebeugt, erinnerten Carolina sofort an ihre Ideen. Ob sie Lissi gefallen würden? Sie konnte kaum erwarten, den beiden ihre Skizzen zu präsentieren, hatte aber auch ein wenig Angst davor.

Lissi seufzte. »Ach ja, diese blöde Schramme in der Diele. Es gibt Schlimmeres.«

»Na ja, es ist schon etwas mehr als eine Schramme«, gab Carolina vorsichtig zu bedenken.

»Mal klappt etwas nicht, und mal geht etwas daneben. Ist doch so, wenn man einem alten Haus zu seiner einstigen Schönheit verhelfen will, oder nicht? Wir hatten schon einen Wasserrohrbruch, eine defekte Stromleitung und eine eingestürzte Zimmerwand, da scheint mir die beschädigte Diele eine Kleinigkeit zu sein.«

Sie liefen einige Minuten schweigend nebeneinander her. Es war kein unangenehmes Schweigen. Sie sahen den Hunden zu, die immer wieder stehenblieben, um konzentriert zu schnuppern, dann wieder ohne Vorwarnung umeinander sprangen und in der Dauer eines Atemzuges einen gordischen Knoten in die Leinen fabrizierten. Rechter Hand lag unterhalb der Steilküste die Ostsee, die sich heute mit weißen Schaumkrönchen geschmückt hatte. Ein frischer Wind sorgte dafür, dass man die hohen Temperaturen gut ertragen konnte. Hier oben, im Schatten alter Bäume, die ihr ganzes Leben lang auf das Meer hinabgeschaut hatten, war die Luft geradezu perfekt. Carolina freute sich über die unerwartete Gelegenheit, mit zwei äußerst netten Vierbeinern und einer nicht minder sympathischen Insulanerin spazieren gehen zu dürfen. Sie betrachtete Lissi kurz von der Seite.

»Darf ich dich etwas fragen?«

Lissi schmunzelte. »Das hast du soeben getan.«

»Ja, stimmt. Ich habe noch eine Frage. Wenn sie zu privat ist, brauchst du natürlich nicht zu antworten.« Carolina suchte so angestrengt nach passenden Formulierungen, dass sie auf allen vieren in jedem nur möglichen Fettnapf landete. »Das musst du selbstverständlich sowieso nicht. Ich meine … Ich glaube, ich lasse es lieber.« Sie hätte sich hauen können.

»Raus mit der Sprache. Geht es um Jens?«

Carolina schoss die Röte in die Wangen. »Nein. Wie kommst du denn darauf?«

»Ich dachte nur.« Sie gingen wieder ein paar Schritte, ohne zu reden.

»Nein, eigentlich geht es um euch, um dich und Kurt.« Lissi sah sie fragend an. »Ich hoffe, du findest das nicht unverschämt, aber ich frage mich die ganze Zeit, warum ihr euch den Stress mit der Baustelle noch antut. Ich finde das ganz toll, wirklich«, beeilte sie sich zu erklären. »Nur, wenn ich euch richtig verstanden habe, wollen eure Kinder nicht nur vom Hotel nichts wissen, sie wollen auch nicht auf der Insel leben.«

»Und du meinst, für uns alte Leute lohnt der Aufwand nicht mehr?« Jetzt schämte Carolina sich richtig. Wenn sie so tat, als sei sie gestolpert, sich die Böschung herunter stürzte und beide Beine brach, würde Lissi vielleicht noch einmal über ihre Taktlosigkeit hinweg sehen. »Da hast du nicht ganz unrecht«, sagte die, ehe Carolina etwas auch nur halbwegs Gescheites einfiel.

»Aber so meine ich das gar nicht.«

»Ich schon.« Sie schmunzelte wieder auf ihre unnachahmliche Art mit leuchtenden Augen und der leicht kraus gezogenen Nase. »Viele haben uns gefragt, ob wir den Verstand verloren hätten. Andere Leute denken in dem Alter schon an eine Seniorenresidenz.« Sie sprach das Wort aus, als könne sie sich darunter nichts Rechtes vorstellen.

»Unsinn, soo alt seid ihr nun auch wieder nicht.«

»Na ja …« Sie lachte leise. »Kurt und ich sind nun bald vierzig Jahre verheiratet. Wir waren früh dran.« Sie zwinkerte fröhlich. »Wir hatten große Pläne, haben das Hotel günstig übernehmen können und unser Geld immer in den Betrieb gesteckt. Es dauerte nicht lange, da kam das erste Kind, und die anderen beiden haben auch nicht lange auf sich warten lassen. Jeden Morgen sind wir um halb sechs aufgestanden, kannten kein Wochenende und keinen Urlaub.« Sie klang nicht verbittert. Lissi erzählte einfach. »Doch, eine Woche haben wir uns meistens gegönnt. Weggefahren sind wir natürlich nicht, das konnten wir uns nicht leisten. Aber an sieben Tagen hintereinander abwechselnd ausschlafen zu dürfen, war schon das Größte. Unvorstellbar, was?« Carolina nickte. Was genau war an ihrem Leben noch anstrengend? »Neben unserem Hotel steht eine Bäderarchitektur-Villa. Ich habe immer davon geträumt, sie irgendwann dazu zu kaufen und mehr Zimmer anbieten zu können. Als ich Kurt davon erzählte, meinte er, ob es nicht viel angenehmer wäre, eine zu kaufen, einzuziehen und darin unseren Lebensabend zu genießen. Am Anfang haben wir nur Spaß gemacht, aber ich habe gemerkt, dass Kurt es genauso wollte wie ich. Ein paar Mal waren wir so kurz davor«, erzählte sie und hielt Daumen und Zeigefinger ganz nah aneinander. »Doch es kam immer etwas dazwischen. Wir haben gehofft, die Kinder würden das Hotel weiterführen und uns eine Art Leibrente zahlen, aber daraus wurde ja auch nichts. So ist das mit Kindern, man kann sie nicht zwingen. Man kann nur sein eigenes Schicksal in die Hand nehmen. Das haben wir getan. Vielleicht habe ich auch ein wenig nachgeholfen. Das ist eine längere Geschichte.« Sie blickte verträumt zu Boden und schien mit einem Mal ganz tief in Gedanken zu versinken. Es waren angenehme Erinnerungen, wie es aussah. Carolina schwieg. Selten hatte sie einen Menschen getroffen, der so zufrieden wirkte, der so vollkommen in sich ruhte. »Jedenfalls haben wir akzeptiert, das Hotel früher oder später aufgeben zu müssen. Nein, wir haben sogar das Beste aus der Einsicht gemacht und es verkauft, als die Villa in Sellin angeboten wurde. So konnten wir zugreifen.« Sie lächelte vor sich hin, als könne sie es selbst noch nicht glauben. »Liebe Güte, wir zwei Sabbeltanten sind gleich in Binz, wenn wir nicht langsam umkehren«, sagte sie im nächsten Moment. Lissi war wieder hellwach und in der Gegenwart angekommen.

»Jerry! Komm, Mary Poppins«, riefen sie gleichzeitig und machten sich auf den Rückweg.

»Wieso meintest du eigentlich vorhin, als ich dich etwas

fragen wollte, dass es um Jens ging«, begann Carolina beiläufig.

»Er hat ein Auge auf dich geworfen«, erklärte Lissi sehr überzeugt. »Und ich fürchte, er kommt ganz gut an bei Frauen.« Sie warf ihr einen Seitenblick zu. »Stimmt doch, oder?«

»Na ja, er ist ganz attraktiv«, druckste Carolina herum.

»Optisch«, warf Lissi ein. Sie sah plötzlich richtig streng aus. »Jens ist ein lieber Kerl, nur leider komplett flatterhaft und unerwachsen.«

»Ich denke, ihr seid Freunde.«

»Nein, das würde ich nicht sagen. Er nennt wohl schnell jemanden Freund.« Sie dachte nach. »Kurt nennt ihn meinen Gassi-Assi.«

»Wie?« Carolina prustete los.

»Ja, ich habe ihn beim Spazierengehen mit dem Hund kennengelernt. Er war mit Jerry unterwegs. Hundehalter kommen immer schnell ins Gespräch. Zumindest, wenn die Tiere sich vertragen.« Sie erzählte, dass Kurt und sie in der *Dicken Flunder* essen waren. »Einmal und nie wieder. Ist nicht böse gemeint, aber diese Fertigküche ist nichts für uns.« Carolina dachte an die Sanddorntorte und verstand. Es hatte eine Zeit gegeben, erklärte Lissi weiter, in der Kurt viel auf dem Festland war und sie Probleme mit ihrem Fuß hatte. Jens hatte sie darauf angesprochen, dass sie humpelte, und hatte sich sofort bereit erklärt, Mary Poppins auszuführen. »Seitdem kennen wir uns ein bisschen besser«, schloss sie. »Auf jeden Fall sind wir ihm sehr dankbar, dass er dich uns vorgestellt hat.«

»Ich hoffe, ich enttäusche euch nicht. Wir können uns die Pläne gleich mal ansehen, wenn Kurt wieder bei Laune ist.«

»Nein, nein, ich meine gar nicht deinen Beruf. Darüber freuen wir uns natürlich auch.« Sie sah Carolina an und lächelte herzlich. »Wir mögen dich einfach. Du bist uns so ähnlich. Na ja, das Gefühl haben wir zumindest.« Sie seufzte. »Sehr schade, dass du keine Familie hast. Einen netten Mann und süße Kinder, meine ich. Das würde dir so gut stehen.«

»Hab ich ja.« Das war ihr herausgerutscht, bevor sie überlegen konnte, ob es klug war. Es fühlte sich richtig an, sie wollte Lissi nicht länger etwas vormachen. Carolina tastete nach ihrem Ringfinger und fühlte sich nackt. So nackt hatte sie sich nicht einmal nach ihrer verunglückten Umzieh-Aktion am Strand unter dem Zelt-Kleid gefühlt. Sie spürte Lissis fragenden Blick. »Jens denkt, ich bin noch zu haben«, sagte sie. »Stimmt aber nicht. Ich bin verheiratet und habe zwei Kinder, ein Mädchen und einen Jungen.« Sie holte tief Luft.

»Schön.« Lissi sah sehr zufrieden aus.

»Ja. Eigentlich. Ist nur etwas kompliziert im Moment. Deshalb bin ich alleine hier.« Es wäre sicher gut, Lissi ihr Herz auszuschütten. Nur was sollte sie sagen? Dass sie ein tolles Leben hatte, einen großartigen Mann und wunderbare Kinder, und dass das einzige Problem war, wie viel ihr Gatte arbeitete? »Das ist auch eine längere Geschichte«, sagte sie nur.

Wieder entstand eine kurze Pause, in der sie den schmalen Pfad über vertrocknetes Laub aus dem Vorjahr entlanggingen.

Lissi nickte dabei nachdenklich. »Solche Phasen gibt es in jeder Beziehung«, meinte sie schließlich. »Es kommt nur darauf an, sich auf das zu konzentrieren, was man Gutes hat. Das darf man nie aus den Augen verlieren.« Sie warf ihr einen sehr warmen Blick zu. »Pass auf dich auf, ja?« Carolina überlegte noch, ob sie Lissi davon erzählen sollte, wie sehr sie das Wiedersehen mit Jens durcheinander gebracht hatte, da hatte die jemanden entdeckt: »Ach je, die Frau mit den drei Möpsen.«

»Was?« Sie folgte Lissis Blick und verstand. Ihnen kam eine rundliche kleine Frau mit drei angestrengt hechelnden Hunden entgegen. Sobald die Jerry und Mary

Poppins entdeckten, warfen sie sich in ihre Leinen und kläfften wie verrückt. Jerry, deutlich mehr als doppelt so groß wie die Möpse, hätte nur ein »Wuff« von sich geben müssen, dann wäre aus dem dreistimmigen Gebell vermutlich klägliches Gewinsel geworden, doch der legte nur die Ohren an und drängelte sich so weit von ihnen entfernt wie möglich an Carolina vorbei. Dabei bedachte er sie mit einem Blick, der sagte: »Bloß weg hier, die Köter nerven!«

Das rasselnd hechelnde Trio wiederum beendete sein Theater so abrupt, wie die drei es begonnen hatten. Da gab es offenbar etwas, das ihre volle Aufmerksamkeit ergattert hatte. Unbeabsichtigt. Einer der drei stellte sich kurz auf die Hinterbeine, um gleich darauf hinabzustoßen und wie verrückt zu buddeln. Carolina beobachtete fasziniert, wie sein Dickschädel binnen kürzester Zeit in einem Loch verschwand. Mops Nummer zwei machte einen halben Meter entfernt exakt das Gleiche, während der dritte ein Stückchen daneben stand und sich nicht rührte. Merkwürdiges Mopsverhalten, dachte Carolina noch und wollte sich gerade abwenden, da sah sie ein Mäuschen, aufgescheucht von den beiden Synchronbuddlern, aus einem Loch sausen. Mops Nummer drei hatte anscheinend nur darauf gewartet. Ein erstaunlich schneller und nach Mopsmaßstäben eleganter Satz, dann schnappte er zu. Damit hatte die Maus nicht gerechnet.

»Lissi und Kurt sind sehr angetan von unseren Anregungen für ihre Villa.« Carolina hatte lange mit den beiden zusammengesessen. Immer wieder hatten sie sie gebeten, ihren Aufenthalt zu verlängern, um die Pläne so präzise ausarbeiten zu können, dass Handwerker sie als Arbeitsgrundlage nutzen konnten. Oder noch besser: Sie sollte regelmäßig wiederkommen und die Ausführung Schritt für Schritt überwachen. Selbstverständlich würden sie ihr die

Fahrtkosten und die Unterbringung bezahlen, und auch ein Honorar sei dann natürlich fällig.

»Cool«, meinte Jens, dem sie einen vom vielen Toben mit Mary Poppins ausgesprochen zufriedenen Hund zurückgebracht hatte. »Machst du's? Verlängern, meine ich.«

»Nein, ich kann nicht.« Nichts gegen veganen Kuchen, aber Omi Anna hatte den Kindern bereits die Vorzüge von Plastik nahegebracht. Was kam danach, wenn niemand sie aufhielt?

»Wieso nicht?«

»Weil ich Verpflichtungen habe«, entgegnete sie gereizt.

Jens beobachtete sie. »Ja, und? Dann erledigst du die eben und kommst wieder.« Für ihn schien alles so einfach zu sein. »Als Innenarchitektin verdienst du bestimmt gut. Und Lissi und Kurt wollen dich auch noch bezahlen, hast du doch gesagt.«

»Ja, wollen sie. Aber ich will das nicht. Ich kann von den beiden kein Geld nehmen.«

»Na, du bist ja eine tolle Geschäftsfrau.« Er lachte. Seine Augen hatten sich wirklich kein bisschen verändert. Sie leuchteten wie die eines großen Jungen. Nur der kleine Kranz feiner Fältchen war neu.

»Das sagt der Richtige«, neckte sie ihn.

»Okay, okay, dann nimmst du eben kein Geld von ihnen. Du musst trotzdem wiederkommen.« Er lehnte sich über den Tresen. Dorothee hatte ihren freien Abend, und er musste tatsächlich selbst Gläser spülen und Getränke ausschenken. »Bald!«, sagte er eindringlich.

»Der Umbau wird eine Menge Zeit in Anspruch nehmen. So schnell brauchen die beiden mich nicht.«

»Und was ist mit mir?« Er hatte die Haare an diesem Abend zusammengebunden und trug ein weißes Hemd zur schwarzen Jeans. Richtig elegant.

»Was soll mit dir sein?«, fragte sie und tat so, als hätte sie keine Ahnung, was er meinen könnte.

»Du tauchst hier auf, nach so vielen Jahren. Du flirtest mit mir …«

»Moment«, unterbrach sie ihn, »DU flirtest ja wohl mit MIR.«

Er stellte ein Glas Bier und einen Rotwein auf ein Tablett und kam um den Tresen herum. »Du willst mir doch nicht erzählen, dass du nicht mehr auf mich stehst«, sagte er leise. »Das nehme ich dir nicht ab.« Er warf ihr einen siegessicheren Blick zu und servierte die Getränke an einem der drei besetzten Tische. »Von Neustrelitz ist es ein Katzensprung auf die Insel«, fuhr er fort, als er zurück war. Ohne zu fragen, stellte er ihr einen Sekt hin. »Für die Jerry-Betreuung!«

»Oh, danke. Habe ich gern gemacht.«

»Du könntest an den Wochenenden kommen«, schlug er vor. »Wir könnten uns sehen. Regelmäßig, meine ich.« Das war nicht sein gefürchteter Rotwein-Blick. Der hier war ernst, ein wenig verträumt und sehr intensiv, als würde er wirklich etwas für sie empfinden. Die eindeutig gefährlichere Variante! Sie musste schlucken. Zeit, reinen Tisch zu machen.

»Jens, ich …«

»Kann ich noch ein Bier haben?«, rief jemand.

»Jo!« Er kippte den Hebel des Zapfhahns und ließ schäumende Flüssigkeit in ein Glas laufen. »Entspann dich mal, Caro«, forderte er sie auf. »Du machst dir das Leben echt zu schwer.«

»Da brauche ich nicht viel zu machen, das ist es im Moment von ganz allein«, antwortete sie, doch er hörte sie nicht, denn er verschwand gerade in die Küche, um zwei Essen zu holen und zu den Gästen zu bringen. Carolina stürzte den Sekt herunter.

»Ich will dann auch mal los«, sagte sie und rutschte vom Barhocker.

»Sehen wir uns morgen?«

»Ich glaube kaum. Ich will vielleicht noch bei Lissi und

Kurt reinschauen. Außerdem muss ich unbedingt Mitbringsel kaufen.«

»Ach ja? Für wen denn? Hast du etwa doch einen Freund?«

»Quatsch.« Das war zwar nicht gelogen, aber eine gute Gelegenheit, die sie hatte verstreichen lassen, um mit der Wahrheit herauszurücken. Sei es drum, sie hatte keine Lust, ihm jetzt noch reinen Wein einzuschenken. Wahrscheinlich würde sie ihn nie wiedersehen. Und wenn sie doch einmal mit Familie käme, dann hatte sich in ihrem Privatleben zwischenzeitlich eben etwas geändert. Kinder wurden ja schneller groß, als man gucken konnte. Sie stellte fest, dass er noch immer auf eine Antwort wartete. »Außerdem will ich unbedingt zum Kap Arkona, die Leuchttürme wiedersehen.« Sie lächelte. Sie hatte die beiden Leuchtfeuer aus ihrer Kindheit groß und wunderschön in Erinnerung. »Es soll da oben jetzt überhaupt eine Menge zu sehen geben. Ateliers und Werkstätten verschiedener Traditionshandwerker. Und abends will ich zum Seedorfer Hafenfest«, schloss sie ihre Ausführungen. So, ganzer Tag verplant, Gefahr gebannt.

»Das Hafenfest ist erst am Samstag«, ließ er sie wissen. »Aber das Kap ist eine gute Idee. Is echt schön da oben. Ich kann dich abholen. Du wolltest doch die Galerie sehen, in der Angies Sachen verkauft werden.«

Eigentlich reichte ihr, was sie in Angies sogenanntem Atelier gesehen hatte. Trotzdem. Ein Reiseführer, der sich auskennt, konnte nicht schaden. Außerdem war sie einfach nicht gern allein.

Lutz

»Hab gehört, du nimmst Urlaub. Läuft doch nicht so gut ohne deine Frau, was? Aber Flucht ist auch keine Lösung.«

»Das ist keine Flucht. Im Gegenteil. Ich will meine Frau sehen.«

»Du fährst zu Carolina?«

»Ja, genau.«

»Nachtigall, ick hör dir trapsen.«

»Wieso? Ist doch wohl normal, dass man Sehnsucht nach seiner Frau hat. Findest du nicht?«

»Ja schon, aber kommt sie nicht sowieso am Wochenende zurück? So lange wirst du es doch wohl noch aushalten.«

»Darum geht es doch gar nicht. Wir ackern wie in dem sprichwörtlichen Hamsterrad, machen Überstunden und stellen unseren Job immer vorne an. Findest du das etwa in Ordnung?«

»Na ja, ich weiß nicht. Ist eben so.«

»Muss aber nicht so bleiben. Ich habe jedenfalls keine Lust, irgendwann festzustellen, dass meine Kinder erwachsen sind und eigene Wege gehen, und meine Frau längst einen anderen kennengelernt hat.«

»Aha, daher weht der Wind. Sie hat sich also doch einen Surfer geschnappt. Oder eher einen Surflehrer.«

»Quatsch, Carolina doch nicht. Aber wer weiß … Wenn wir noch lange so wenig Zeit füreinander haben, könnte ich sogar verstehen, dass sie sich einen anderen sucht.«

Enttäuschungen und Katastrophen

Welch ein herrlicher Tag! Das tiefe Tuten des Rasenden Roland hatte sie geweckt. Von ihrem Badezimmer hatte sie eine Katze beobachtet, die auf dem Sims vor einem schmalen angekippten Fenster hockte. Der Stubentiger spähte angestrengt nach innen und maunzte. Dann stellte er sich auf die Hinterbeine. Es sah aus, als würde er mit einer Vorderpfote klopfen. Carolina lächelte amüsiert. Dann blieb ihr die Spucke weg. Die Katze streckte sich, so lang sie konnte, und erreichte mit beiden Vorderpfoten den oberen Rand des Fensters. Sie zog die Hinterbeine nach, die auf der Glasscheibe allerdings keinen Halt fanden. Erschwerend kam hinzu, dass Mieze äußerst wohl genährt war und ihr entsprechendes Hinterteil beschlossen hatte, sich der Schwerkraft hinzugeben. Aber Katzen haben nun einmal dicke Köpfe. Mit aller Kraft hievte sie sich in die Höhe, beschleunigte das Tempo, mit dem die Hinterbeine Schwung holten, und quetschte sich schließlich tatsächlich durch den beängstigend engen Spalt. Carolina befürchtete eine Sekunde, dass das pelzige Kerlchen steckenbleiben würde, aber nein. Geschafft! Mit einem Schmunzeln auf den Lippen war sie zum Frühstück gegangen. Rührei war gerade frisch aufgefüllt worden, und es gab an diesem Morgen einen Sherry-Heringssalat, den Carolina einfach spektakulär fand. Das einzige Wölkchen am Himmel ihrer guten Laune war Molli. Carolinas vier Tischnachbarinnen waren erschienen, als sie eben ihren zweiten Milchkaffee bekam. Warum sagte Molli niemand, dass hautenge Leggings keine kluge Wahl waren, wenn die Oberschenkel deutliche Hagelschäden hatten? Das luftig-weite Fledermaus-Oberteil hätte einiges retten können, war dafür bloß dummerweise zu kurz. Obendrein war auch noch eine Menge darauf los: Schmetterlinge, Käfer, Blüten – ein ganzer botanischer Garten, der Picasso farblich in den Schatten gestellt hätte. Nicht nur, dass sie das ästhetische Empfinden ihrer Mitmenschen mit ihren fleischigen Füßen trat, nein, sie war auch noch äußerst ungezogen.

»Muss man wirklich jeden Morgen seinen Latte bestellen?«, jammerte sie. »Ist es denn zu viel verlangt, sich zu merken, was die Gäste zum Frühstück trinken?«

Es war kein besonders großes Hotel mit entsprechend übersichtlicher Gästezahl. Bestimmt konnte man dem Personal zumuten, sich Details über die Urlauber zu merken. Würde die Kellnerin jedoch servieren, ohne zu fragen, würde Molli sich garantiert beschweren, dass sie doch gerne die Wahl hätte, dessen war Carolina sicher. Könnte doch sein, dass ihr mal nach schwarzem Tee zumute war … Nachdem sie sich am Buffet ihren Teller vollgeladen hatte, stürzte Molli sich auf die Unsichtbare. Carolina hatte nicht verstehen können, was die gesagt hatte, denn im Gegensatz zu Molli unterhielt die nicht das gesamte Restaurant.

»Bitte, du darfst dich wirklich nicht beklagen, dass du keinen Spaß hattest.« Die Unsichtbare warf etwas ein, das jedoch keine Beachtung fand. »Nicht jeder hat ein Gefühl für Mode, das ist nicht schlimm.« Wie wahr! »Aber du gibst dir geradezu Mühe, übersehen zu werden.« Auch da musste Carolina ihr in Gedanken zustimmen. »Und es ist nicht nur deine Kleidung, Liebes. Dein Verhalten ist genauso farblos«, posaunte sie heraus.

»Nun lass mal«, versuchte das Model die Situation zu retten.

»Wieso denn?«, rief Molli empört aus. »Es muss ihr doch mal jemand sagen, dass sie mit dieser Mauerblümchen-Antitüde …«

»Attitüde«, korrigierte die Intellektuelle.

»Habe ich ja gesagt«, patzte Molli zurück. »Damit macht man jedenfalls nicht auf sich aufmerksam.«

»Du weißt doch, warum Astrid genau das auch gar nicht will«, sagte das Model.

»Dann darf sie sich aber bitte nicht beschweren, dass es ihr nicht gefallen hat. Also, ich hatte Spaß!« Sie biss kraftvoll in ihr Brötchen. Mit Fleischsalat an der Oberlippe und voll besetztem Mund verkündete sie: »Wenn man gar nichts aus sich macht, darf man sich nicht wundern, wenn sich auch sonst niemand etwas aus einem macht. Das werde ich doch wohl noch sagen dürfen. Wir sind immerhin Freundinnen.« Was für eine unangenehme Person! Wer die zur Freundin hatte, konnte sich den Besuch bei der Domina sparen.

»Sehr lieb von dir, dass du dir Zeit für mich nimmst und mich ans Kap chauffierst«, sagte Carolina, als sie eine Stunde später neben Jens im Auto saß. Die Fenster waren heruntergekurbelt. Wie gut, dass sie ein Tuch um ihr Haar gebunden hatte, sonst würde sie gleich aussehen wie ein explodierter Mopp.

»Totaler Eigennutz«, gab er lässig zurück und grinste frech.

Sie atmete tief ein. Urlaub! Es war einfach zu schön, frei zu sein, unabhängig, keine Kompromisse zu machen, nur das zu tun, worauf man Lust hatte. Carolina bekam das breite Grinsen gar nicht mehr aus dem Gesicht. Bis Jens Angies Haus ansteuerte.

»Was wollen wir denn hier?« Sie konnte ihr Entsetzen nicht verbergen.

»Dich interessiert doch die Galerie, in der Angie ausstellt. Ich dachte, wir gehen zusammen hin. Sie freut sich bestimmt.« Er parkte wieder auf dem Sandstreifen.

»Toll. Hast du auch mal darüber nachgedacht, ob ich

mich freue?« Auf keinen Fall wollte sie an diesem herrlichen Tag das finstere Haus der gemeinsamen Bekannten betreten. Sie musste ihn ganz schnell dazu bringen, sich ohne Angie auf den Weg zu machen, bevor die das Auto entdeckte.

»Wieso solltest du nicht?« Carolina hatte mal in dem Buch eines Kommunikationstrainers gelesen, dass Männer zwar äußerst holperig senden, dafür aber sehr gut empfangen können. Er konnte ihr nicht ernsthaft weismachen, nicht bemerkt zu haben, wie unwohl sie sich bei ihrem ersten Besuch gefühlt hatte.

»Jens, ich möchte einfach nur einen entspannten Tag genießen, okay? Bummeln, Touristenattraktionen angucken, vielleicht shoppen. Auf einer Skala von eins bis zehn, für wie geeignet hältst du Angie als Begleitung?«

»Punkt für dich. Bitte, Caro.« Er wandte sich ihr zu, legte wie zufällig den Arm auf die Lehne des Beifahrersitzes, so dass seine Hand auf ihrer Schulter lag, und sah ihr tief in die Augen. Fieser Trick. »Angie hat momentan eine schlechte Phase.«

Sie lächelte übertrieben freundlich. »Definiere momentan«, flötete sie.

»Nein, echt, sie hat auch total gute Tage. Aber es läuft halt nicht so mit ihrer Kunst. Zurzeit.« Sie spürte, dass ihr Widerstand schmolz wie Speiseeis bei dieser Hitze. Höchste Zeit, den Gefrierschrank in Betrieb zu nehmen.

»Voll uncool«, sagte sie, »aber ich bin nicht Mutter Teresa oder vom Künstler-Samariter-Bund.«

»Okay, gewonnen«, sagte er und stieg aus.

»Was genau verstehst du unter gewonnen?« Sie war auch aus dem Auto gesprungen und stürzte auf ihn zu. Natürlich, die Gelegenheit ließ er nicht ungenutzt. Er fasste ihre Schultern und sah ihr wieder in die Augen.

»Du hast gewonnen, wir nehmen sie nicht mit. Wir gehen nur kurz rein, sehen, wie es ihr geht. Hey, ich werde ihr sagen, dass wir auf dem Weg zur Galerie sind. Das wird sie freuen.« Seine Augen leuchteten. Noch schlimmer war, dass echte Sorge darin lag. Wie sollte man da wohl hart bleiben? Sie war schließlich kein Unmensch.

»Also schön, ganz kurz«, murmelte sie resigniert. »Wenn ich es mir recht überlege, haben mir die Wollmäuse sowieso schon ganz schön gefehlt.«

»Hammer, ihr kommt gerade richtig. Hammer, echt«, hatte Angie zur Begrüßung gesagt und war voraus in das sogenannte Wohnzimmer gestürmt. Ihre Stimme klang kratzig und irgendwie schläfrig.

Ja, ein Hammer wäre klasse. Damit könnte sie sich eins über die Rübe ziehen und die Zeit bis zum Aufbruch bewusstlos verbringen, dachte Carolina.

»Frisches Dope!« Sie warf eine schmuddelige weiße Plastiktüte auf den Tisch, aus der getrocknetes Grünzeug rieselte. Carolina hätte das für Kräutertee gehalten. »Ist das hammergeil?« Sie kicherte, ihr Blick war glasig. O Mann, es stand noch schlimmer um sie, als Carolina sich ausgemalt hatte.

»Wo hast du das denn schon wieder her?« Jens wirkte nicht so schockiert, wie Carolina es sich gewünscht hätte.

»Ich hab meine geheimen Quellen. Weißt du doch«, krächzte Angie und hustete gurgelnd.

»Ja, deine Quellen …« Er lachte und schüttelte den Kopf. Er schüttelte amüsiert den Kopf, wie Carolina feststellen musste.

»Setzt euch, setzt euch!« Angie machte sich mit fahrigen Bewegungen daran, Blättchen auf den Tisch zu legen, die Öffnung der Tüte zu ihnen zu drehen und das Feuerzeug auszuprobieren. Nach mehreren Fehlversuchen, die jeweils fluchend kommentiert wurden, warf sie das Feuerzeug in die Ecke und fingerte zwischen Papierbergen ein Streichholzheftchen hervor. Zum Schluss hantierte sie noch einmal mit der Plastiktüte. »Is hammergeile Qualität«, versprach sie. Äh, wie bitte? War das gerade eine Einladung zum Drogenkränzchen?

»Carolina an Jens«, meldete sie sich zu Wort. Er sah sie fragend an. »Abflug!« Das war ihr etwas lauter herausgerutscht als geplant. Recht so.

»Wieso, wir hatten doch gesagt …«

»Kurz, hatten wir gesagt.« Sie funkelte ihn an. Er zog doch nicht ernsthaft in Erwägung, sich gemütlich zu dritt einen Rausch zu verpassen. Meinte er etwa, Angie damit in ihrer schwierigen Phase helfen zu können? »Welchen Teil von ›kurz‹ könnte ich falsch verstanden haben?«

»Wie bist du denn drauf?« Angie machte große Augen.

»Frag lieber: Wo bist du denn drauf? Auf hundertachtzig bin ich!«

Jens legte einen Arm um Carolinas Schulter und machte Anstalten, sie zum Sofa zu bugsieren. »Jetzt entspann dich mal, Caro, echt! Das ist nur ein Joint. Der ist nicht gesundheitsschädigend, erweitert dafür aber dein Bewusstsein. Hast du das schon mal ausprobiert?«

Sie drehte sich aus seinem sanften Griff. »Nee! Und ich fange ganz sicher nicht heute und schon gar nicht hier damit an.«

»Hammer, die is immer noch so krass drauf wie früher.« Angie zog die Füße unter ihren Hintern, wobei sie den fleckigen Überwurf zu einem Knäuel zusammenschob. »Nee, sowas nehm ich nich«, piepste sie mit hoher Stimme und streckte affektiert die beiden kleinen Finger weg, während sie den ersten Joint drehte. Das war's, Carolina marschierte aus dem Zimmer und schnurstracks durch den düsteren vollgestellten Flur.

»Jetzt warte doch mal!« Jens kam hinter ihr her.

Bitte, bitte, entscheide dich für mich, ging ihr durch den Kopf. Sollte Angie doch in ihrem Müll und an ihrem Hammer-Mist ersticken. Sie schämte sich sofort für ihre Gedanken, doch das Zorn-Teufelchen war in diesem Moment nun einmal stärker.

An der Haustür hielt er sie fest. »Carolina!« Er sah sie an. Ein sanftes Lächeln lag um seinen Mund. »Im Urlaub macht man Sachen, die man zu Hause nicht tut.« Sie holte Luft, doch er ließ sie nicht zu Wort kommen. »So eine Erfahrung würde dir bestimmt nicht schaden, sonst würde ich dir das doch nie vorschlagen. Echt, das ist cool. Du kriegst total gute Laune.«

»Die hatte ich bis jetzt auch so«, warf sie finster ein.

»Nee, so richtig gute Laune, meine ich. Du wirst euphorisch, lachst dich kaputt. Du sagst allen geradeheraus, was du denkst. Machst du sonst nicht, hab ich recht?« Sie blieb ihm die Antwort schuldig. »Hinterher bist du total entspannt, echt!«

»Ich entspanne ganz wunderbar beim Spazierengehen«, sagte sie trotzig. »Soo weit kann es bis nach Putgarten ja nicht sein. Pfeift ihr euch mal die Hammer-Qualität rein, ich werde mir einen schönen Tag machen.« Sie wollte sich umdrehen. Guter Abgang.

»Kommt ja nich in Frage. Ich kann dich also nicht überreden?« Er sah sie hoffnungsvoll an, ein Funkeln im Blick. »Du wärst bestimmt süß, so leicht angeschickert.«

»Ich kann auch ohne solches Zeug süß sein«, erwiderte sie und hielt seinem Blick stand.

Er nickte langsam. »Davon bin ich überzeugt. Warte hier. Bitte!«

»Ach du Scheiße«, hörte sie das ungesunde Krächzen, nachdem Jens leise mit Angie gesprochen hatte. »Stehst du etwa auf die Langweilerin?«

Carolina verließ dieses schreckliche Haus. Es hatte ihr einen Stich versetzt. Es stimmte ja, besonders aufregend war sie wirklich nicht. Selbst die Rolle, die sie Jens vormachte, war ungefähr so kapriziös wie die einer Nachrichtensprecherin. Die Realität war sogar noch schlimmer. Sollte sie je für etwas ausgezeichnet werden, dann für ihre Spießigkeit. Sie war die Langweilerin unter den Spießern. Carolina blickte die Straße hoch und runter. Trostlose Gegend. Es konnte tatsächlich nicht weit bis nach Putgarten und weiter bis zum Kap mit seiner Steilküste sein. Dort war alles so schön, so bezaubernd. Nie hätte sie gedacht, dass es nur ein paar Kilometer weiter Nebenstraßen gab, in denen die Tristesse Dauerbewohnerin war.

»Ich dachte schon, du bist doch losgelaufen.« Jens zog sie kurz an sich und küsste sie auf die Wange. Eine eigenartig intensive Geste, so innig. »Bitte entschuldige, war 'ne blöde Idee von mir. Jetzt machen wir es uns richtig schön, okay?«

»Okay.«

Kaum, dass der Wagen beim vierten Versuch angesprungen war, hatten sie ihr Ziel auch schon erreicht. Zumindest den Parkplatz, den Rest des Weges gingen sie zu Fuß.

»Zuerst zeige ich dir den Rügenhof. Der Markt wird dich ganz sicher für das entgangene Hafenfest entschädigen.« Er legte ihr locker eine Hand auf den Rücken.

»Das ist gar nicht nötig. Das Fest ist morgen. Ich werde also morgen nach Seedorf fahren.«

»Wirst du nicht.« Sie blickte ihn von der Seite an. »Das ist dein letzter Abend!« Er blieb stehen und sah sie mit Kulleraugen an. Hatte sie etwas vergessen? »Da musst du zu mir zum Essen kommen!« Hundert Punkte für das Hafenfest. Zugegeben, sie war nicht sicher, ob sie ihren letzten Abend unbedingt allein verbringen wollte, aber das Essen in der *Dicken Flunder* war nun wirklich nicht die Wucht. Außerdem war Carolina schon so oft dort gewesen. Sie würde zu gerne am letzten Abend mit Blick auf das Meer speisen.

»Ich koche auch etwas extra für dich«, lockte er. Peinlich, hatte ihre Miene etwa so deutlich gezeigt, wie begeistert sie vom kulinarischen Angebot in seinem Restaurant war? »Abgemacht!«

»Stopp! Ich weiß es noch nicht, Jens. Ich hatte so viele Verabredungen und Termine, dass ich kaum etwas spontan unternehmen konnte. Es ist immerhin mein Urlaub. Nicht böse sein, aber den letzten Tag möchte ich mir wenigstens offen halten.«

»Okay.« Er ließ übertrieben den Kopf hängen und schlich geradezu neben ihr her.

»Versuch's gar nicht erst«, sagte sie lachend. »Ich sehe dich nämlich nicht. Ich gucke gar nicht hin. Es ist einfach zu aufregend, die Gegend hier oben wiederzusehen. Ich bin total abgelenkt«, verkündete sie fröhlich. Und das war die Wahrheit. Ein Holzboot, das wohl schon länger auf dem Trockenen lag, hatte sie willkommen geheißen. Das kannte Carolina noch nicht. Auch an den riesigen Parkplatz konnte sie sich nicht erinnern. Sie waren ein Stück asphaltierten Weg gegangen und hatten sich von der Kap-Arkona-Bahn, einem lustigen aus zwei Anhängern und als Lok getarnter Zugmaschine bestehendem Gefährt für Laufunwillige oder Gäste, die nicht gut zu Fuß waren, überholen lassen. Ein frischer Wind strich über die nördlichste Spitze der Insel. Bald ging der Asphalt in Kopfsteinpflaster über. Ein Planwagen, gezogen von zwei Pferden, fuhr an ihnen vorbei. Ein typisches Urlaubsgeräusch, dachte Carolina, als sie den Hufschlag auf den runden Steinen hörte. Ein Gaul war schwarz, der andere weiß mit braunen Tupfen. Der Weiße hatte eine graue gewellte Mähne, die einem Rockstar gut zu Gesicht gestanden hätte. Oder Jens in zwanzig bis dreißig Jahren. Der Rügenhof gefiel Carolina auf Anhieb. Es gab ihn noch nicht, als sie noch ein junges Mädchen gewesen war. Der Gebäudekomplex, ein ehemaliger Gutshof mit Stallungen und Scheunen, der sie entfernt an den Bau in Alt Reddevitz erinnerte, musste natürlich bereits gestanden haben, nur wurde er damals noch nicht in seiner heutigen Form genutzt. Man hatte ihn inzwischen liebevoll renoviert. Der überwiegend rote Backstein war gut in Schuss. Die doppelflügligen Fenster hatten schmucke blau-weiße Rahmen, einige besaßen blau gestrichene Fensterläden aus Holz. Auf dem Hof vor dem Gebäude waren Buden aufgebaut, zum Teil waren es nur Zelte. Erfreut stellte Carolina fest, dass nicht die typischen Rügen-Souvenirs angeboten wurden, wie Kreidemännchen, Sanddorn in allen Variationen oder Magnete in der Form der Insel. Nicht, dass sie etwas dagegen gehabt hätte, aber das hier war besser. Gusseiserne üppig verzierte Waschbecken mit Messinghahn, die sich auf ihrer Terrasse zu Hause gut machen würden, waren neben alten Vogelkäfigen, Nierentischen, Körben, Wagenrädern und ausgedienten Viehtränken, die man wunderbar bepflanzen konnte, ausgestellt. Der würzige Geruch von frisch geräuchertem Fisch stieg ihr in die Nase. Nachdem sie draußen alles ausgiebig angesehen hatten, streiften sie durch die Schauwerkstätten im Inneren. Sie sahen beim Filzen zu und ließen sich zeigen, wie man einen Korb flicht. Sie probierten sich im Kerzenziehen und statteten dem Bernsteinschleifer, der natürlich nicht fehlen durfte, einen Besuch ab.

Carolina hatte den unschönen Auftakt ihres Ausflugs längst vergessen und genoss ihn in vollen Zügen, ihre angenehme Begleitung eingeschlossen. An Jens' Seite fühlte sie sich unbeschwert und begehrt. Sie konnten miteinander albern, sich kaputtlachen und im nächsten Augenblick miteinander flirten, wie es wohl nur am Anfang einer Beziehung möglich war. Tief in ihrem Inneren war ihr klar, dass auch mit ihm irgendwann Routine eintreten würde. Wenn sie ein Paar wären. Nur einmal angenommen. Nein, wenn sie es recht bedachte, war Routine mit ihm sicher nicht das größte Problem. Sie musste schmunzeln.

»Na, woran denkst du gerade?« Er verschränkte die Arme vor der Brust.

»Nichts.« Wahrscheinlich würde sie sich an seiner Seite sehnlichst Routine wünschen und Verlässlichkeit und so etwas wie ein geregeltes Leben.

»Das war gelogen.«

»Geschummelt«, korrigierte sie. »In Ordnung, ertappt. Ich habe an Essen gedacht«, redete sie sich raus. Er musste schließlich nicht alles wissen.

Sie holten sich Fischbrötchen und bummelten noch einmal zwischen den Stücken des Trödelmarktes entlang.

»Und jetzt zu den Leuchttürmen?«, fragte er kauend.

»Ja, zu den Leuchttürmen!«

Das Windland, wie die Halbinsel Wittow genannt wurde, machte seinem Namen an diesem Tag alle Ehre. Hochgewachsene Stockrosen mit dicken Knospen, Apfelbäume und Sanddornsträucher, an denen bald leuchtend orange Beeren hängen würden, wurden kräftig mal zur einen, dann zur anderen Seite gebogen. Jens hatte ständig seine Haare im Mund, obwohl er sie zusammengebunden hatte.

»Du solltest sie dir so kurz schneiden, wie ich sie habe«, neckte Carolina ihn, als er sich wieder einmal eine Strähne aus dem Gesicht strich.

»Damit ich aussehe wie Prinz Eisenherz? Kommt nicht in Frage.« Ein kurzer Seitenblick, ein schneller Schritt auf sie zu und zack, zog er ihr ihr Tuch über die Augen. »Und so ein alberner Schal ist auch nix für mich«, spottete er.

»Hey!« Sie schob den Stoff wieder über die Stirn. Wie gut, dass es weit und breit keinen Spiegel gab.

Endlich hatten sie das Kap erreicht.

»Drehen wir erst eine Runde über das Gelände?«, wollte er wissen. »Da hinten ist der Marineführungsbunker. Den kann man sich ansehen. Und …«

»Ich will zuerst zu den Leuchttürmen«, sagte sie und hüpfte los, wie Lara es immer machte, wenn sie übermütig war. Sie hatte die beiden Türme größer in Erinnerung gehabt, was vermutlich daran lag, dass sie bei ihrem letzten Besuch kleiner gewesen war. Aber sie fand sie noch genauso schön. Schon damals war sie davon fasziniert gewesen, dass ein runder und ein viereckiger Turm direkt nebeneinander standen. Man hätte den alten, den Schinkelturm, abreißen können, um den neuen höheren an die gleiche Stelle zu setzen. Sie lief zu dem Leuchtturm, der noch immer als der neue bezeichnet wurde, obwohl er bereits weit über hundert Jahre auf seinem roten Backstein hatte. Sie stand ganz nah an dem achteckigen Sockel, auf dem er thronte, legte den Kopf in den Nacken und schaute nach oben. Trotz Sonnenbrille blendete es so, dass sie eine Hand über ihre Augen legte.

»Ich mag ihn«, sagte sie, als Jens dicht hinter sie trat, so dass sie sich anlehnen konnte und es bequemer hatte. »Er ist so hübsch mit seinem roten Hütchen.«

»Wusstest du, dass man hier auch übernachten kann?«, fragte er. Ihre Alarmlämpchen blickten heller, als es die Metalldampflampe des Leuchtfeuers je gekonnt hätte.

»Da oben drin? Ich denke, der ist noch in Betrieb.«

»Nicht direkt«, gab er zu. »Aber gleich nebenan. Ist die ehemalige Leuchtturmwärterwohnung, glaube ich.«

»Ist bestimmt schön.«

»Vor allem die Aussicht.« Er hatte wie zufällig die Arme von hinten um sie gelegt und die Hände ineinander verschränkt. Es fühlte sich gut an. So vertraut. »Die können wir aber auch haben, wenn wir den Schinkelturm besichtigen. Ich war ewig nicht mehr da oben. Hast du Lust?«

»Auf jeden Fall.«

Im Inneren des Baus, der kein bisschen älter aussah als sein Nachbar, sondern für ihren Geschmack perfekt zeitlos war, erwartete Carolina eine schöne Überraschung. Ein Museum stellte nicht nur die Leuchtfeuer der Ostseeküste vor, es gab auch eine Ausstellung über den Architekten Schinkel, den sie schon während ihrer Studienzeit sehr bewundert hatte. Anzunehmen, dass es nicht besonders viele Besucher gab, die jeden Text und jede Erklärung Wort für Wort lesen wollten. Jens gehörte jedenfalls eher zu denen, die sich einen schnellen Überblick verschafften und es dann eilig hatten, auf die Aussichtsplattform zu kommen. Wann immer sie sich nach ihm umsah, lächelte er ihr tapfer zu, stand aber meist, die Daumen in den Taschen seiner kurzen Jeans, irgendwo mit dem Rücken an der Wand, wo es eher nichts zu sehen gab. Er ließ ihr alle Zeit der Welt, trotzdem mochte sie seine Geduld nicht überstrapazieren. Am Schluss überflog sie alles nur noch.

Sie trat auf ihn zu. »Ab nach oben?«

»Klar.« Eine verschnörkelte gusseiserne Treppe führte hinauf. »Du schnaufst schlimmer als mein alter Herr, wenn er sich bewegen muss«, lästerte Jens, nachdem sie etwa die Hälfte der Stufen geschafft hatten. »Hast du früher nicht für Marathonläufe trainiert?«

»Triathlon«, gab sie zurück und bemühte sich, dabei locker und frisch zu klingen. Es war erschreckend und ausgesprochen garstig, wie wenig von ihrer jahrelangen Schinderei übrig geblieben war. »Wie du ganz richtig sagst: Das war früher einmal.«

Sie traten auf die Plattform. Carolina musste noch mehr um Atem ringen. Dieses Mal jedoch aus purer Begeisterung. Mann, war das eine Aussicht! Grüne Wiesen, ockerfarben leuchtende Felder und dahinter die blaue Ostsee. Nein, sie war nicht einfach blau. Am Fuß der Steilküste schimmerte der Sand durch das flache Wasser, dass es beinahe weiß wirkte wie ein Karibikstrand. In welliger, teilweise auch gezackter Linie ging das Weiß in ein pastellfarbenes Hellblau über, dann in Türkis, bis weiter draußen dann das kitschig-schöne Bonbon-Blau erreicht war. Der Wind pfiff ein fröhliches Lied und zerzauste ihr vollständig die Haare. Jens' Mähne tanzte im Takt der Böen um sein Gesicht, als würden Flammen züngeln.

»Schön, oder?«, fragte er gegen das Rauschen, Tosen und Zischen.

»Nee.« Er hob perplex die Augenbrauen. »Das ist mehr als schön«, sagte sie strahlend. »Es haut mich um.« Damit ließ sie sich einfach in seine Arme kippen.

»Kannst du dir vorstellen, hier oben zu heiraten?«, fragte er an ihrem Ohr. Sie prallte an ihm ab, als sei er mit Luft gefüllt.

»Sollten wir uns nicht erst besser kennenlernen«, scherzte sie und versuchte, ihre weichen Knie in den Griff zu bekommen. »Ich meine, wir haben uns doch beide verändert.«

»Einverstanden.« Er zog sie wieder an sich. »Mit dem besser Kennenlernen, meine ich.« Er deutete mit dem Finger auf die Glaskuppel in der Mitte der Plattform. »Das ist die Außenstelle des Standesamtes«, erklärte er. »Deshalb habe ich gefragt.«

»Klar, wusste ich doch.« Sie kicherte nervös. »War nur ein Scherz. Von mir.«

Er beachtete sie nicht weiter. »Wenn man auf weißes Kleid, Anzug, Blumenmädchen und diesen ganzen Kram steht, dann gibt's keinen besseren Platz, oder?«

»Stimmt.«

Er führte sie zum Geländer und deutete in die Richtung des Peilturms mit seiner metallenen Haube. »Siehst du den Wall da hinten?« Wieder stand er dicht hinter ihr und hatte seine Arme um sie gelegt. »Der gehörte mal zur Jaromarsburg. Das war eine ganz wichtige religiöse Stätte von irgend so 'nem slawischen Stamm.«

»Aha.« Als Fremdenführer hatte er doch noch leichte Lücken.

»Die Burg selbst wurde schon vor Hunderten von Jahren platt gemacht, ich glaube, im elften oder zwölften Jahrhundert oder so. Den Rest hat die Natur erledigt. Steilküste«, sagte er, als sei damit alles klar. Dann ergänzte er doch noch: »Abgestürzt. Darum gibt's nur noch den Wall.«

Er zeigte ihr, wo das Fischerdorf Vitt lag und wo man bei noch klarerer Sicht bis zur Insel Møn gucken konnte. Carolina seufzte tief.

»Was ist denn jetzt los?«

»Nichts«, sagte sie leise. »Das ist nur einfach so schön.«

Das war nicht die ganze Wahrheit. Schon jetzt bekam sie nämlich Sehnsucht nach Rügen. Sie hatte so viele Dinge nicht gemacht, die sie hatte unternehmen wollen. Es gab noch so viel, was sie sich ansehen, wo sie einfach nur entspannt ein bisschen Zeit verbringen wollte.

»Du kannst doch wiederkommen«, sagte Jens, als habe sie ihre Gedanken laut ausgesprochen, und schenkte ihr den gefährlich-intensiven Blick. »Und dieses Mal nicht erst in zwanzig Jahren.«

»Hast recht. Das sollte ich tun.« Und dann sollte sie weniger Termine machen. So viel Freude ihr die Beschäftigung mit der Selliner Villa auch machte, so sehr hatte sie ihr doch kostbare Zeit geraubt. Plötzlich wünschte sie sich, ihren Urlaub um ein paar Tage verlängern zu können.

»Und was ist mit deiner Familie? Fehlt sie dir nicht?«, wollte die innere Hildegard wissen. Natürlich fehlten ihr die drei. Aber man durfte doch wohl von zweiundfünfzig Wochen im Jahr eine nur für sich selbst beanspruchen, ohne gleich von einem schlechten Gewissen und der Sehnsucht zerfressen zu werden, oder nicht? Carolina beschloss, noch ein paar kleine Zeichnungen zu machen und diese bei Lissi und Kurt abzuliefern. Dafür gehörte der letzte Tag dann ihr allein. Guter Plan.

»Ich würde jetzt gern fahren«, sagte sie. »Die *Dicke Flunder* will dich sehen, und ich habe noch ein Date mit meinen Bleistiften.« Sie zwinkerte und wollte sich an ihm vorbei schieben, doch er hielt sie fest.

»Bist du sicher?« Seine Finger streichelten zart ihre nackten Arme. »Wir könnten auch noch an den Strand fahren.« Pling! Schon gingen die Alarmlämpchen wieder an. Wenn er Strand sagte, meinte er nicht einfach sonnen, baden, faul sein. Schon gar nicht, wenn er es so sagte, wie er es gerade gesagt hatte, mit diesem Schmelz in der Stimme.

»Aha, ich weiß, was du im Sinn hast.« Sie zog eine Grimasse, die irgendwo zwischen mütterlich-besserwisserisch und amüsiert lag. »Guter Versuch, aber ich falle nicht darauf herein.«

Auf dem Weg zurück zum Parkplatz schwiegen sie lange. Carolina hatte den Eindruck, dass ihn etwas beschäftigte, und das war sicher nicht die *Dicke Flunder*.

»Angie ist ganz schön abgestürzt in den letzten Jahren, was?«, begann sie vorsichtig. »Inzwischen tut es mir ein bisschen leid, dass wir sie vorhin alleingelassen haben.«

»Ach was, is schon okay.« Er zupfte im Vorbeigehen einen langen Halm ab, schob ihn sich zwischen die Lippen und kaute darauf herum. »Sie wird sich ihren Joint reingezogen und irgendwann eine Fressattacke gekriegt haben. Marihuana macht hungrig.«

»Tatsächlich? Sieht man ihr nicht an.«

Er lachte leise. »Nee. Sie hat nich viel Kohle und kann sich nich immer was zu essen kaufen.« Für Drogen reicht es aber, dachte Carolina. »Ich bringe ihr manchmal etwas rüber, Reste aus meinem Laden. Is doch besser als wegwerfen.«

»Klar, auf jeden Fall.« Nach einer kurzen Pause fragte sie: »Kümmert sich denn sonst niemand um sie?«

Er schüttelte traurig den Kopf. »Nee, nich so richtig. Ich bin der Einzige. Wir waren mal so was wie zusammen, Angie und ich.«

Warum überraschte sie das nicht? »Was heißt denn ›so was wie‹?« Er zuckte nur mit den Schultern, und sie bohrte nicht weiter. Er machte sich große Sorgen, das war nicht zu übersehen. »Vielleicht sollten wir lieber noch einmal nach ihr schauen«, schlug sie halbherzig vor. Er sah sie erstaunt an. »Ich könnte mir einen netteren Abschluss dieses schönen Tages vorstellen, das gebe ich zu, aber …«

»Ja, ich mir auch.« Sein Blick ging ihr unter die Haut.

»Nicht, woran du schon wieder denkst«, tadelte sie. Dann fügte sie hinzu: »Es war ein wunderschöner Ausflug.

Danke dafür!« Sie hielt ihn fest und hauchte ihm einen schüchternen Kuss auf die Wange.

»Sehr gern geschehen.« Sie gingen weiter. »Er muss noch nicht zu Ende sein. Du kennst meine Einstellung, die *Dicke Flunder* kommt gut ohne mich zurecht.«

»Sehr verlockend, aber ich habe es Lissi und Kurt versprochen und möchte die beiden nicht enttäuschen.«

»Ein Totschlag-Argument, fürchte ich.«

Sie fuhren vom Parkplatz und wenige Meter die schmale Straße entlang, da hörten sie von weitem ein Martinshorn.

»Mist«, murmelte Jens, reduzierte die Geschwindigkeit und hielt nach einer Möglichkeit Ausschau, den Wagen aus dem Weg zu bringen. Das war gar nicht so einfach, denn unmittelbar neben der Straße, die kaum mehr als eine Fahrzeugbreite hatte, verlief ein kleiner Graben.

»Die biegen ab«, bemerkte Carolina, als zwei Feuerwehrfahrzeuge in ihren Blick kamen. Wieder waren die Fenster heruntergekurbelt. Brandgeruch stieg ihr in die Nase.

»Ja, und zwar in Angies Richtung.«

Dann sahen sie schwarzen dicken Rauch. Ein Polizeiwagen, ein Krankenwagen und ein weiteres Feuerwehrauto kamen angerast und bogen in die Straße ein. Carolina warf Jens einen Seitenblick zu. Er war mit einem Schlag blass geworden. Es war kein Wort mehr nötig, beiden war klar, was sie zu tun hatten. Carolina schickte Stoßgebete zum Himmel. Wenn Angie nur nichts passiert war! Ihr fielen ihre bösen Gedanken ein, die sie vor einigen Stunden gehabt hatte. Angie sollte doch in ihrem Müll ersticken, hatte sie still geflucht. Aber das wollte sie doch nicht. Bitte, lass es nicht Angies Haus sein! Lass es überhaupt kein Haus sein, lieber Gott, betete sie tonlos. Konnte nicht bitte nur ein ausgetrockneter Komposthaufen brennen? Oder von ihr aus auch ein leerer Stall. In der nächsten Sekunde wurde ihr bewusst, dass es in Angies Straße keinen Stall gab. Sie schluckte, als sie abbogen.

»Nein, bitte …« Mehr brachte Jens nicht heraus. Carolina starrte auf das Hexenhäuschen, das in hellen Flammen stand. Sie hatte Bilder vor Augen von einem Feuerzeug, das achtlos weggeworfen wurde, von einem Streichholzheftchen, von Papierbergen und unendlich viel Müll und nicht zuletzt von Angies fahrigen Bewegungen. Zum zweiten Mal an diesem Tag hielten sie auf dem Sandstreifen. Jens sprang heraus und war in zwei Sätzen über die Straße. Carolina starrte auf die schwarz-orangen Flammen. Wie in Trance löste sie ihren Gurt, öffnete die Autotür und stieg aus. Windland. Der Sturm heizte den Brand weiter an. Funken sprühten. Bedrohliches Knacken und Knallen, dazu ein dumpfes Rauschen, wie ein Grundton, den jemand unter die Szene gelegt hatte. Der Qualm biss in ihrer Kehle. Ihr kam in den Sinn, dass sie kaum etwas getrunken hatte an diesem Tag. Sie spürte schrecklichen Durst. Sie musste Jens finden. Sie mussten zusammen nach Hause fahren, in die *Dicke Flunder* und etwas trinken. Zögernd setzte sie einen Fuß vor den anderen und ging näher an das brennende Haus. Diese Hitze! Sie meinte, kleine Flämmchen an den Ästen des Sanddornstrauchs zu erkennen, der vor der Haustür stand. Wasser lief an den rußgeschwärzten Fensterrahmen entlang, aus denen die Feuersbrunst leckte. Furchtbarer Durst. Sie blickte zum blauen wolkenlosen Himmel, vor den sich der Rauch geschoben hatte wie ein Monster. Stimmen, Rufe.

»Eine Person, weiblich«, hörte sie jemanden sagen. Sie versuchte zu begreifen. Dann erkannte sie Jens, der nah, viel zu nah, am Haus stand. Sie wollte zu ihm, ihn aus der Gefahrenzone bringen, nur waren ihre Beine so unerklärlich schwer. Aus dem Augenwinkel nahm sie eine Bewegung wahr. Zwei Menschen mit weißen Hosen und leuchtend roten Westen liefen mit einer Trage in Jens' Richtung. Weiße Hosen, wie unpraktisch, ging es Carolina durch den Kopf. Fast hätte sie laut aufgelacht. Sie spürte ein Kitzeln im Gesicht und wischte sich über die Wange. Die war nass.

Warum weinte sie denn? Erst jetzt bemerkte sie, wie sehr ihre Knie zitterten.

»Brauchen Sie Hilfe? Geht es Ihnen gut?« Ein junges Mädchen war neben sie getreten und sah sie aufmerksam an.

»ICH brauche doch keine Hilfe«, entgegnete Carolina leise. Sie musste sich räuspern. »Angie …« Sie deutete auf das lichterloh brennende Haus. Bald würde nur noch ein Gerippe davon übrig sein.

»Wissen Sie, wer hier wohnt? Wissen Sie, ob noch jemand im Haus sein könnte?« Carolina schüttelte den Kopf. »In Ordnung, kein Problem. Wir kümmern uns darum. Kann ich Sie alleine lassen?«

»Ja. Ja, natürlich.« Sie musste sich zusammenreißen. Die junge Frau legte ihr kurz eine Hand auf den Arm und lief dann mit einer Tasche zu den beiden Menschen mit den weißen Hosen. Ein Feuerwehrmann trug einen leblosen Körper aus den Flammen. Wie im Film. Es war alles genau wie in einem Film. Konnte es sein, dass sie nur träumte? Er legte den Körper auf die Trage. Sofort war Jens bei den Sanitätern. Carolina sah, wie einer Angie eine Maske über Mund und Nase legte. Ein Schlauch hing daran. Sie beatmeten sie, das musste doch bedeuten, dass sie am Leben war. Jens redete auf sie ein. Das junge Mädchen, das eben noch bei Carolina gewesen war, assistierte jetzt ein wenig. Und sie sprach mit Jens. Ihre Körperhaltung, die Gesten, alles an ihr drückte aus, dass sie der Patientin kaum eine Chance einräumte. Carolina schloss die Augen. Das Rauschen um sie herum wurde lauter, alles drehte sich. Im nächsten Moment spürte sie zwei kräftige Arme, die sie hielten.

»Sie tun, was sie können«, flüsterte Jens. »Aber sie hat eine schwere Rauchgasvergiftung. Es hat so verdammt lange gedauert, bis ein Spaziergänger vorbeigekommen ist und die Feuerwehr alarmiert hat.«

»Hammer«, sagte sie leise, versuchte zu lächeln, konnte

es aber nicht. Sie sah Rußflecken in seinem Gesicht, durch die seine Tränen Spuren gezogen hatten. Wie eines von Angies düsteren Bildern. Sie zog ihn fest an sich und weinte leise an seiner Schulter.

»Wie sehen Siiee denn aus?«, rief Molli schon von weitem, als Carolina die Hotelterrasse überquerte. »Dies ist kein Fünf-Sterne-Haus, aber deswegen muss man doch noch lange nicht wie ein Schmuddelkind herumlaufen.« Carolina schenkte ihr nicht einmal einen Blick. »Man könnte meinen, Sie hätten gerade mit dem Feuer gespielt.« Molli lachte dröhnend über ihren ihrer Meinung nach gelungenen Wortwitz. Bloß weg hier! Carolina hätte dieser bösen dicken Frau zu gerne die Meinung gegeigt, doch das hob sie sich für einen Moment auf, in dem sie ihre Stimme unter Kontrolle haben würde. Jetzt stürzte sie die Treppen hinauf, drehte mit zittrigen Händen den Schlüssel im Schloss und schlug die Tür hinter sich zu. Sie riss sich die Kleider vom Leib, streifte die Unterwäsche ab und stellte sich unter die Dusche. Während lauwarmes Wasser über ihren Körper floss, kreisten ihre Gedanken in einer Endlosschleife. Schwarzer Rauch, Flammen, Angies lebloser Körper, das kaum erkennbare Kopfschütteln eines Sanitäters, Jens' Tränen und seine inständige Bitte zum Abschied, den nächsten Abend mit ihm zu verbringen. Sie schloss die Augen, trotzdem blieben die Bilder gnadenlos klar. Sie hatte kein Gefühl dafür, wie lange sie unter dem angenehm weichen Wasserstrahl verbracht hatte. Irgendwann hatte sie sich in einen Bademantel gehüllt und auf das Bett fallen lassen. Im nächsten Moment war sie wieder auf den Füßen und griff zum Telefon. Sie wollte Lutz anrufen. Auf der Stelle. Sie hatte seine Stimme viel zu lange nicht gehört. Das Freizeichen. Sie atmete tief durch. Ein Blick auf die Uhr. Möglich, dass Lara oder Konrad den Hörer abnahmen, sie musste sich also zusammenreißen. Es schien ihr, als würde das Tuten lauter und lauter. Keiner da. Carolina fühlte Panik in sich aufsteigen. Wenn nur nichts passiert war. Es konnte so schnell zu einem grausamen Unglück kommen, von einer Sekunde auf die andere.

Sie zwang sich, ruhig zu atmen. Ein und aus, ein und aus. Noch ein Blick auf die Uhr. Es war Freitag. Vielleicht war Lutz mit den Kindern essen gegangen. Oder sie brachten Omi Anna nach Hause. Es gab tausend vernünftige Erklärungen, die keinen Anlass zur Sorge boten. Sie hinterließ keine Nachricht auf dem Anrufbeantworter, sondern legte einfach auf. Wieder ließ sie sich zurück auf das Bett sinken und schloss die Augen.

»Du fehlst mir«, flüsterte sie. »Du fehlst mir so sehr.« Eine Träne kullerte über ihre Schläfe und tropfte auf die Decke. Noch nie in ihrem Leben hatte sie sich so einsam gefühlt. Sie hatte selbst nach Omi Anna Sehnsucht.

Strandzauber II

Carolina hatte eine schlimme Nacht hinter sich. Sie war eingedämmert, mehrfach hochgeschreckt und irgendwann ganz aufgewacht. In einem stockfinsteren Raum, den sie nicht kannte. Ihr erster Gedanke galt ihren Kindern. Sie hatte das dringende Bedürfnis, nach ihnen zu sehen. Dann hörte sie eine Möwe, die sich anscheinend in der Uhrzeit geirrt hatte, und wusste wieder, wo sie war. Sie war aufgestanden, hatte den Bademantel gegen ihr Nachthemd getauscht und sich wieder hingelegt. Bevor sie erneut in einen unruhigen Schlaf fiel, dachte sie an Lutz. Gut möglich, dass sie zu Hause niemanden erreicht hatte, weil er noch im Büro gewesen war. Das war sogar ziemlich wahrscheinlich. Und Omi Anna war mit den Kindern draußen gewesen. Das würde sich doch nie ändern, war ihr letzter Gedanke, der sie in wirre, schreckliche Träume begleitete.

Mit verquollenen Augen und bleischweren Gliedern hockte Carolina nun beim Frühstück. Sie war nach Rügen, auf ihre geliebte Insel gekommen, um sich gründlich auszuruhen, über einiges nachzudenken und einfach eine schöne Zeit zu verbringen. Jetzt fühlte sie sich erschöpfter als zuvor und war komplett durcheinander. Was hatte sie gewonnen? Sie war vollkommen frustriert und hatte keine Ahnung, wie sie in nur einem Tag in ihr altes Leben zurückkehren und wieder funktionieren sollte. Wie sagte Omi Anna immer? Lieber stürmischer Aktionismus als geistige Windstille. Manchmal hatte sie eben doch recht. Nicht hängen lassen, aktiv werden, war die Devise. Also gut. Carolina entwarf einen Plan: an den Strand gehen für das Urlaubsgefühl, zu Lissi und Kurt radeln für das Pflichtbewusstsein und einen sauberen Projektabschluss, soweit das in der Kürze der Zeit möglich war, Souvenirs kaufen für einen gelungenen Wiedereinstieg als Mama, Tochter und Ehefrau und dann mit Jens essen für … Ja, wofür eigentlich? Für die Romantik, für die alte Freundschaft oder auch aus Pflichtgefühl? Zweimal Pflicht war zu viel. Da müssen wir einen Punkt abziehen, mahnte die innere Jeanette.

Carolina spürte, wie sich ihre Laune ein wenig hob. Jens wusste mit Sicherheit, wie es Angie ging, ob sie es trotz der eher beängstigenden Prognose geschafft hatte. Ja, sie würden wie gute alte Freunde klönen, essen und trinken. Sie durfte ihn heute nicht allein lassen. Und wenn ein wenig Prickeln aufkam, war das ja wohl selbst Ehefrauen nicht verboten. Sie atmete einmal durch, straffte die Schultern, da betraten ihre Tischnachbarinnen den Raum. Die Intellektuelle und die Unsichtbare hatten in ihrer Urlaubswoche nicht nennenswert Farbe bekommen, das Model und Molli waren dafür so braun, dass Carolina den Verdacht hegte, dass sie ein wenig nachgeholfen hatten.

Kaum, dass Molli ihr breites Hinterteil platziert hatte, begann sie auch schon, lautstark über andere Gäste zu lästern. Die einen schmierten sich Brötchen, die sie mit an den Strand nahmen. Geht doch gar nicht. Die werden sich doch wohl ein billiges Sandwich oder wenigstens ein bisschen Obst leisten können. Überhaupt, man brauchte am Tage bei der Hitze doch ohnehin nicht viel. Also sie hatte jedenfalls kaum Hunger, betonte sie. Ganz sicher waren es nicht die Eisbecher und Tortenstücke, die sie auf den Rippen hatte, sondern eine fette Portion Boshaftigkeit. Die anderen liefen herum wie die letzten Menschen. Da hatte sich doch tatsächlich eine Frau ihre grauen Strähnen nicht gefärbt. Skandal! Dabei war sie höchstens sechzig. So musste doch im einundzwanzigsten Jahrhundert niemand mehr herumlaufen.

»Na ja«, meinte Molli abschätzig und leckte sich Milchschaum von den Lippen, »du musst heutzutage schon froh sein, wenn die Leute sauber gekleidet sind.« Sie blickte kurz in Carolinas Richtung. »Es gibt eben immer weniger kultivierte Menschen.«

Carolina stand auf und dachte den Bruchteil einer Sekunde darüber nach, Molli den Heringssalat über die sorgsam ondulierten Haare zu kippen. Das würde farblich sehr gut mit ihrer durchsichtigen Bluse harmonieren. Um den Fisch wäre es allerdings schade, entschied sie und verließ das Restaurant.

Auf dem Weg zum Strand kam der Ärger über Molli so richtig hoch. Das heißt, im Grunde ärgerte Carolina sich über sich selbst. Warum hatte sie den Mund gehalten? Das war feige. Sollte sie je Magengeschwüre bekommen, dann von all der Wut und Unzufriedenheit, die sie in ihrem Leben immer heruntergeschluckt hatte. Ihr fiel es wie Schuppen von den Augen: Alles – ihr Frust zu Hause, ihre Reibereien mit Omi Anna, selbst die winzigen Garstigkeiten, die sie täglich mit den Lehrern ihrer Kinder, den Mitarbeitern im Supermarkt oder den Monteuren in der Autowerkstatt erlebte – einfach alles war alleine ihr Problem. Sie musste sich ändern, nicht Lutz, nicht ihre Mutter, nicht die Menschen um sie herum, Molli einmal ausgenommen, nur sie selbst. Sie musste aussprechen, was ihr auf dem Herzen lag, was sie wollte und was nicht. Wie sollte es sonst jemand wissen? Nicht einmal Ehemänner waren Hellseher. Genau genommen Ehemänner schon gar nicht. Das hatte Lutz selbst gesagt. Ab sofort würde sie mit ihrer Meinung nicht mehr hinter dem Berg halten! Was hatte Jens über die Wirkung von Marihuana erzählt? »Du sagst allen geradeheraus, was du denkst.« Vielleicht hätte sie das Zeug doch mal probieren sollen.

»Klar! Dir entgehen einige Erfahrungen, weil du immer so brav bist«, wisperte ihre innere Jeanette. »Es muss sehr spannend sein, das eigene Bewusstsein in vorher nie gekannte Sphären zu heben«, flüsterte sie verführerisch.

»Quatsch! Wer will schon rosa Elefanten durch die Luft fliegen sehen?« Das war die schneidige Stimme der inneren Hildegard. »Am Ende stürzt doch jeder Dickhäuter ab und macht dich platt.« Dem musste Carolina ausnahmsweise zustimmen. Sie konnte ohne Drogen lustig und entspannt sein. Und jemandem die Meinung sagen, konnte sie schon lange! Wäre doch gelacht. In einem kleinen Laden kaufte sie eine Strandmuschel. Sie hatte die Pläne der Villa dabei, um noch ein wenig daran zu arbeiten. Da war ein Wind- und Sandschutz sicher nicht verkehrt.

»Da ist kein Preisschild dran«, maulte der Verkäufer, der zuvor das Mobiltelefon hatte beiseite legen müssen, um sie abfertigen zu können, was ihm augenscheinlich nicht passte. »Die sind eigentlich alle ausgezeichnet. Können Sie nicht eine andere nehmen?«

»Ach so, ja, kein Problem.« Carolina holte ein Exemplar, auf dem ein knallgelbes Etikett klebte. »Bitteschön«, sagte sie laut. Der junge Mann telefonierte bereits wieder und nickte nur kurz. Das sollte wohl ein Dankeschön sein. Wortlos verließ sie das Geschäft. Mist, so einfach war das nicht. Schon wieder eine Gelegenheit verschenkt, ihrem Ärger Luft zu machen. Ein kräftiger böiger Wind riss an ihrer Strandtasche und an dem soeben erstandenen Paket unter ihrem Arm. Carolinas Laune sank weiter. Nicht einmal das muntere Geschrei der Möwen und der gute Geruch der Ostsee konnten daran etwas ändern.

Am Strand lagen zu allem Überfluss dieselben Leute, die sie bei ihren bisherigen Besuchen bereits gesehen hatte.

»Ihr habt aber Durchhaltevermögen«, sagte sie leise. Und dann lauter: »Wie kann man nur tagelang wie eine

Thüringer auf dem Rost in der Gegend herumliegen, anstatt sich diese wunderschöne Insel anzusehen? Arme Würstchen!« Der Mann mit dem geringelten Band an der Badehose sah irritiert zu ihr herüber. Er blickte sich um, vergewisserte sich, dass Carolina unter anderem ihn gemeint hatte, und tippte sich kopfschüttelnd an die Stirn. Aber er gab ihr keine Widerworte. Ha, dem hatte sie gezeigt, wo der Frosch die Locken hat. Sie kicherte. Im nächsten Augenblick musste sie schlucken, weil ihr die Tränen kamen. Nein, Omi Anna, stürmischer Aktionismus konnte nicht jedes Problem lösen. Und schon gar keine handfeste Verwirrung. Das Erlebnis des Vorabends wirkte nach. Außerdem war sie seit der Begegnung mit Jens, seit sie sich als freiberuflicher Single ausgab, ganz schön ins Grübeln geraten. Carolina war dünnhäutig. Ein winziger Anlass, und ihre Emotionen würden überschäumen wie zu schwungvoll eingeschenktes Bier, da war sie sicher. Sie zerrte die Strandmuschel aus der Verpackung. Gute Entscheidung, die gekauft zu haben. Carolina war nämlich sehr danach zumute, sich zu verkriechen. Sie steckte die Heringe durch die Ösen, um den Boden des Mini-Zeltes zu fixieren. Schwer vorstellbar, dass der weiche Sand die Metallhaken halten sollte. Andererseits hießen die Dinger schließlich Strandmuscheln. Und am Strand gab es weichen Sand. Das war kein Geheimnis. Sie fädelte die Stangen in dafür vorgesehene Kanäle. Je mehr ihre Behausung Form annahm, desto stärker zerrte der Wind daran. Carolina war skeptisch. Andererseits würde sie mit ihrem Gewicht für den nötigen Halt sorgen, wenn sie erst einmal darin Platz genommen hatte. Gesagt, getan. Geht doch. Sie schob sich etwas umständlich ihr Badelaken unter den Hintern. Dann packte sie die Pläne von Lissi und Kurt aus. Just in dem Moment fegte eine Böe über sie hinweg und riss ihr das Papier aus der Hand.

»So ein Mist«, fluchte Carolina, sprang auf die Füße und stieß mit dem Kopf gegen das Dach der Strandmuschel. »Mist«, wiederholte sie wütend und hastete ihren Unterlagen hinterher.

»Achtung, ihre Muschel«, rief jemand. Carolina drehte sich im vollen Lauf um und sah ihre neu erworbene Strandbehausung auf sich zusegeln.

Ob man das Ding zum Drachen umfunktionieren kann?, dachte sie, blickte wieder nach vorn und begriff, dass es einen Trick gab, wie Urlaubsprofis ihre Strandmuscheln an der Flucht hinderten. Sie fixierten sie mit Heringen, die in den Dünen deutlich besseren Halt fanden und die mit langen Seilen mit den Ösen verbunden waren. Mit sehr langen Seilen. Für eine Vollbremsung war es zu spät, Carolina versuchte es mit einem Sprung. Das Seil blieb unversehrt an Ort und Stelle, sie hatte niemanden um sein Dach über dem Kopf gebracht. Ihre Füße waren im weichen Sand jedoch weggerutscht. Carolinas Balance war futsch, da half auch kein Rudern mit den Armen. Sie stürzte der Länge nach hin. Dabei schob sie eine Fontäne aus Sand vor sich her, die einer äußerst korpulenten Frau den schwitzenden Körper panierte. Während Carolina Sandkörner ausspuckte und wegzublinzeln versuchte, richtete sich die Frau vor ihr ungelenk auf. Das Schimpfen war Carolina unangenehm vertraut. Es war Molli. Noch unangenehmer war ihr, dass die, um auf die Knie zu kommen und sich dem Störenfried zuwenden zu können, der das Spektakel veranstaltet hatte, ihr riesiges Hinterteil himmelwärts schob. Direkt vor Carolinas Nase. Und Molli trug … nichts! Carolina musste in den FKK-Bereich gestolpert sein. Der Mond ging so dicht vor ihren Augen auf, dass ihr schwindelig wurde.

»Können Sie nicht aufpassen?« Molli hatte es irgendwie geschafft, sich umzudrehen und auf den Po fallen zu lassen. »Ach, Sie schon wieder, Sie unkultivierte Person!«, fauchte sie und schaufelte Sand von ihrem Handtuch. Dabei entdeckte sie die Pläne der Villa, die in ihrer Strandtasche hängengeblieben waren. Sie drehte die Grundrisse hin und her. »Machen Sie etwa dieses Geocaching oder wie das heißt?« Sie verdrehte die Augen. »Schnitzeljagd für Erwachsene, so ein Quatsch! Auf Bäume klettern, durch den Dreck robben. Kein Wunder, dass Sie manchmal aussehen, wie Sie gestern aussahen.«

»Her damit.« Carolina riss ihr das Papier mit ihren Skizzen aus der Hand. »Davon verstehen Sie sowieso nichts.« Sie sah, dass ein Familienvater ihre Strandmuschel abgefangen hatte und sie ordentlich zu einem Paket faltete. Prima, so blieb ihr Zeit, Molli den Marsch zu blasen. »Und Sie, was machen Sie? FKK oder wie das heißt. Nackig macht noch lange nicht knackig.« Treffer. Jetzt schnellstens nachlegen. »Manchmal sind die Dinge nicht, wie sie scheinen, Sie dicke böse Frau! Ich war gestern Zeugin eines Hausbrandes. So ein Feuer ist leider gar nicht kultiviert. Das macht, was es will. Wer ihm zu nahe kommt, sieht nicht mehr aus, wie aus dem Ei gepellt.« Molli starrte sie mit offenem Mund an. »Ich sage Ihnen mal was: Ich habe lieber Ruß im Gesicht, weil ich jemanden in den Arm genommen und getröstet habe, als einen schmutzigen Charakter.«

Der Mann, der ihr Mini-Zelt gerettet hatte, kam mit seinem Sohn zu ihnen. »Ich möchte nicht stören«, sagte er und lächelte freundlich. »Das gehört Ihnen, glaube ich.«

»Ja, vielen Dank.« Carolina holte tief Luft.

»Die haben wir auch gefunden«, sagte der Junge und hielt ihr drei Stangen hin. »Die Heringe musst du selber suchen.«

»Das mache ich.« Sie bekam ein Lächeln zustande. »Vielen Dank noch mal!«

Das war's mit Urlaubsgefühl. Carolina kümmerte sich weder um Molli noch um Heringe. Sie brach ihren Strandbesuch ab. Vielleicht schaffte sie es, am nächsten Morgen, bevor ihr Zug fuhr, noch einmal ans Wasser zu gehen und der Ostsee Tschüss zu sagen.

»Und du kannst wirklich nicht verlängern?« Lissi sah schrecklich enttäuscht aus.

»Dascha schade«, brummte Kurt. »Aber du kommst doch wieder, oder?«

»Ich weiß es nicht. Ich möchte schon, nur muss ich sehen, wie es sich einrichten lässt.« Sie warf Lissi einen flehenden Blick zu.

»Klär du man alles ganz in Ruhe«, antwortete die und schenkte ihr einen warmen Blick. »Das hat Vorrang. Und wir haben sowieso erst mal genug zu tun.«

Kurt nickte. »Jo, dat stimmt woll.«

»Wenn ihr Fragen habt oder wegen einer Entscheidung oder der Aussage eines Handwerkers unsicher seid, dann ruft mich bitte an, ja? Lasst euch unbedingt Vorlagen für die Trompe-l'œil-Malerei zeigen, bevor jemand im Haus auch nur einen Pinselstrich macht.« Die beiden nickten eifrig wie zwei aufmerksame Schüler. Sie gingen gemeinsam Carolinas Zeichnungen und Entwürfe durch, sofern man das schon so nennen wollte, klärten Details, soweit dies möglich war. Anschließend marschierten sie zu dritt durch sämtliche Räume. Carolina gab den beiden Tipps, machte sie auf zu erwartende Schwierigkeiten aufmerksam. Es versetzte ihr einen Stich, das alte Ehepaar zu beobachten. Während Kurt Fragen stellte, eigene Ideen der beiden zum Besten gab und immer wieder die Kosten erwähnte, lief Lissi schweigend mit ihnen durch das Haus und machte Notizen. Hin und wieder nickten die zwei einander zu. Sie waren sehr unterschiedlich und ergänzten sich gerade dadurch prima. Oft genügte ein Blick von Lissi oder eine Grimasse von Kurt, schon wusste der andere ganz genau, was los war. Beneidenswert! Ob man das im Laufe gemeinsamer Jahre automatisch lernte? Carolina bezweifelte das sehr.

Der Abschied von Lissi und Kurt und auch von der Villa war Carolina schwergefallen. Sie wünschte sich sehr, das sympathische Paar wiederzusehen. Und sie hoffte, dass sie sie über die Fortschritte ihres Herzensprojekts auf dem Laufenden halten würden. Bevor sie komplett melancholisch wurde, kaufte sie in einem kleinen Souvenirladen zwei Kreidemännchen für Lara und Konrad. Ihr Sohn würde ihr erklären, dass er für so etwas schon zu alt war. Freuen würde er sich trotzdem. Sie schmunzelte. Und plötzlich hatte sie ein Kribbeln im Bauch, Kribbeln vor lauter Vorfreude. Morgen hatte sie ihre beiden Nervensägen wieder. Wenn das kein Grund zur Freude war! In einem Geschäft nebenan gab es regionale Spezialitäten und ausgefallene Andenken. Carolina kaufte für Lara einen Kettenanhänger aus Bernstein, der die Form eines Seesterns hatte. Konrad bekam eine Baseballkappe mit Piratenmotiv. Für Omi Anna war auch das Richtige dabei: eine vegane Antifalten-Packung aus Rügener Kreide. Carolina hatte nicht einmal geahnt, dass es so etwas gab. Entstand Kreide nicht aus den Ablagerungen verschiedener Organismen? Wie konnte die dann vegan sein? Sie beschloss, lieber nicht darüber nachzudenken. Jedenfalls konnte Omi Anna die Packung nach einer Woche mit fleischessenden Menschen, die Lederschuhe trugen und einen Fernseher besaßen, sicher gut gebrauchen. Etwas für Lutz zu finden war schon schwieriger. Carolina entschied sich für Sanddornlikör, ein Verlegenheitsgeschenk, und für einen Bildband der Insel. Irgendwann musste er ja mal Urlaub machen. Da konnte es doch nicht schaden, ihn mit den wirklich traumhaften Fotografien schon mal auf ein mögliches Reiseziel einzustimmen. Am besten nach einem guten Essen und mit einem Glas Wein zur Untermalung. Omi Anna könnte sich um die Kinder kümmern, so dass sie ungestört waren. Guter Plan. Carolina legte für ihre Mutter noch eine vegane Tagescreme obendrauf.

Ihre Abreise vor Augen, kam Carolina eigentlich zum ersten Mal in dieser Woche richtig in Urlaubsstimmung. Sie ließ sich treiben, bummelte die Wilhelmstraße herunter, bog einmal rechts ab, dann links und lief weiter bis zur Seestraße. Am Ufer des Selliner Sees fiel ihr ein Haus mit Reetdach auf, das recht neu aussah. Im Garten stand ein Schild: Seefahrermuseum. Ihr fiel der Plan von einem Fischermuseum auf Mönchgut ein, den Jens' Freunde verwirklichen wollten. Sie sah die bereits gesammelten Ausstellungsstücke vor sich und bekam Lust, auch dieses Museum kennenzulernen. Zu spät, in zehn Minuten schloss es seine Pforten. Das lohnte nicht mehr. Schade. Sie machte kehrt und lief ein Stück am See entlang. Der Wind hatte ein wenig nachgelassen und brachte das Schilf am Ufer nur noch sanft zum Flüstern. Carolinas Gedanken waren in Alt Reddevitz hängengeblieben. Bei dem Kuss, bei den Zärtlichkeiten, die vielversprechend gewesen waren und Lust auf mehr gemacht hatten.

»Ach, hättest du ihm nur nachgegeben. Nur ein einziges Mal«, seufzte die innere Jeannette.

»Nix da, alles richtig gemacht«, hielt die innere Hildegard dagegen. »Und heute Abend haust du ihm auch auf die Pfoten, falls die irgendwo landen, wo sie nicht hingehören!« Eine seichte Brise spielte mit ihrem Haar. Puh, das würde nicht einfach werden. Schon die Vorstellung, Jens in wenigen Stunden wiederzusehen, von ihm Abschied nehmen zu müssen, ließ ihre Knie wackeln. Von dem Bild, das seine Hände auf Wanderschaft in ihr auslösten, einmal ganz zu schweigen.

Sie fuhr zum Hotel, lieferte das Leihfahrrad ab und ging hinauf in ihr Zimmer. Ein Blick auf die Uhr. Um acht sollte sie bei Jens sein, und sie wollte keinesfalls zu früh auftauchen. Mit dem Taxi würde die Fahrt nur Minuten dauern. Ihr blieben also noch bummelig drei Stunden.

Genug Zeit, um schon mal den Koffer zu packen. Dann war sie am nächsten Morgen schnell fertig und hatte noch Zeit für einen Spaziergang am Strand. Als bis auf ein paar Kleinigkeiten, das Reise-Outfit und das Neckholder-Kleid, das sie am Abend tragen wollte, alles verstaut war, griff sie zum Telefon. Sie hockte sich im Schneidersitz auf das Bett und wählte die Nummer von zu Hause. Freizeichen. Es war Samstag. Lutz würde also ausnahmsweise nicht im Büro sein. Sie wartete. Vielleicht führte er die Kinder heute aus. Wahrscheinlich war er mit ihnen bei ihrem Lieblingsitaliener, um sie zu bestechen, damit sie nicht verrieten, wie sehr er sie Omi Anna und damit einem harten Schicksal überlassen hatte. Nichts. Kein zartes Lara-Stimmchen, kein betont gelangweiltes »Ja, hier Konrad Herrmann. Wer da?« Kein Ehemann. Stattdessen der Anrufbeantworter. Dieses Mal hinterließ sie eine Nachricht: »Ich bin's, Carolina. Mami. Tja, euch zu erreichen, ist komplizierter als ein Date mit dem Staatspräsidenten von China.« Sie lachte unsicher. »Wohnt ihr überhaupt noch da? Nein, vermutlich habt ihr die Chance genutzt und seid ausgezogen, während ich ahnungslos Urlaub mache. Na ja, der ist jetzt fast vorbei. Ihr könnt mich morgen noch bis elf Uhr im Hotel anrufen oder natürlich mobil. Aber ihr kennt mich ja …« Ein langer Piepton signalisierte das Ende der Aufnahmezeit. »… meistens höre ich es nicht«, beendete sie leise den Satz.

Je länger sie unter der Dusche darüber nachdachte, desto ärgerlicher wurde sie. Es war doch zum Aus-der-Haut-Fahren. Lutz war nicht da. Wann immer sie ihn sprechen wollte, wurde sie enttäuscht, musste mehrere Versuche unternehmen oder ihm am besten auflauern. Dazu hatte sie keine Lust mehr. Sie mussten eine Lösung dafür finden. Es hatte genug Momente gegeben, in denen sie sich für überspannt gehalten hatte, in denen sie dachte, dass es überhaupt keinen Grund gebe, unzufrieden zu sein und ihrem Mann auch nur den Hauch eines Vorwurfs zu machen.

Okay, mit Vorwürfen käme sie ohnehin nicht weiter, aber ihre Einwände waren berechtigt. Er würde ihr zuhören müssen, sie würden etwas ändern müssen, wenn ihr Zusammenleben wieder so etwas wie eine Ehe werden sollte. Davon würde sie sich nicht abbringen lassen.

Konzentriert tuschte sie ihre Wimpern und legte einen Hauch Lidschatten auf. Zum Schluss bürstete sie noch ausgiebig ihre Haare und malte sich die Lippen an. Kritischer Blick in den Spiegel. Die ersten grauen Haare ließen sich nicht leugnen, aber es waren erst Einzelkämpfer, die im Heer der anderen untergingen. Die Fältchen waren akzeptabel. Carolina war zwar nicht gerade knusperbraun geworden, wie Lutz nach nur einer Stunde in der Sonne, aber sie hatte Farbe bekommen. Das machte sich zu dem kirschroten Kleid, das ihre Schultern frei ließ, sehr gut. Noch schnell ein Wölkchen Parfum an das Ohrläppchen, dann konnte es losgehen.

Als sie vor der *Dicken Flunder* aus dem Taxi kletterte, fragte sie sich, ob ihr Aufzug nicht übertrieben war. Sie sah es schon vor sich: Jens hatte vor lauter Sorge um Angie nichts auf die Reihe gekriegt, geschweige denn, extra für Carolina gekocht. Die wenigen Terrassenplätze waren besetzt, sie würden in seinem etwas zu düster geratenen Restaurant hocken und verspeisen, was weg musste. Von wegen! Sie holte tief Luft und machte sich gerade. Wenn er den Abschiedsabend nicht hatte vorbereiten können, wofür sie vollstes Verständnis hätte, würde sie ihn eben in ein anderes Lokal einladen. Womöglich hatte er den ganzen Tag im Krankenhaus verbracht. Dann würde ihm ein wenig Aufmunterung gut tun. Sie wollte ihren letzten Abend jedenfalls in angenehmer Atmosphäre verbringen. Mit ihm oder zur Not auch ohne ihn. Das würde sie ihm schon begreiflich machen. Noch einmal tief Luft holen. Auf in den Kampf. Im Gastraum war wie so oft wenig los.

Zwei Tische waren besetzt. Alle Blicke waren auf Carolina gerichtet.

»N'Abend«, sagte sie leise und reckte trotzig das Kinn. Sollten sie ruhig gucken. Jerry kam angesaust und stupste mit seiner schwarzen schlanken Schnauze ihre Hand.

Dorothee kam gerade mit einem Tablett voll leerer Gläser von der Terrasse herein. »Moin! Jens is gleich soweit.« Damit verschwand sie auch schon hinter dem Tresen und gleich darauf in der Küche. Carolina schlenderte zu einem der Barhocker. Da öffnete sich die Tür wieder. Jens kam auf sie zu. Er trug eine Jeans und ein weißes Hemd, auf dem in Sepia-Tönen Seekarten skizziert waren. Das lange Haar war zu einem strammen Zopf gebunden.

»Carolina!« Er drückte sie an sich, hielt sie fest. Dann nahm er ihre Hände und machte einen Schritt zurück, um sie von oben bis unten zu betrachten. »Du siehst … einfach super aus.« Wie konnten blaue Augen nur derartig glühen? Na toll, ihr Körper geriet jetzt schon außer Kontrolle. Wenn sie nicht sofort etwas gegen das Knistern unternahm, das sich von der ersten Sekunde zwischen ihnen breit machte, würde sie die Gestaltung des Abends ihm überlassen. Mit allen Konsequenzen.

»Nicht echt cool?«, scherzte sie.

»Nee, absolut nich cool. Heiß würde ich eher sagen.« Prima, da hatte sie das Gespräch doch gleich in eine andere Richtung gelenkt.

»Wie geht es Angie? Ist sie … hat sie …?«

»Sie ist ein zäher Brocken.« Er lachte leise. »Erzähle ich dir gleich. Jetzt wollen wir aber erst mal los.« Bevor sie fragen konnte, wohin es gehen sollte, war er hinter dem Tresen verschwunden. Er holte einen Korb hervor und reichte ihn ihr. »Hier, kannst du den tragen?«

»Ja, klar.«

»Super.« Jens schnappte sich einen Karton und stellte ihn kurz auf dem Tresen ab. »Du bleibst hier, Dicker«, sagte er zu Jerry und rubbelte ihm die Ohren. »Sonst machst du nur Blödsinn.« Er beugte sich zu ihm herunter, und es sah kurz so aus, als würde er ihm einen Kuss geben. Zu Carolinas Beruhigung verzichtete er darauf. Konnte immerhin sein, dass sie diesem Mund zu fortgeschrittener Stunde noch ziemlich nah kommen würde. Nicht, dass sie da etwas plante, aber auszuschließen war es nicht. Und dann wäre der Gedanke an eine nasse Hundeschnauze nicht gerade anregend.

»Is nich weit«, sagte Jens, nachdem sie die Straße überquert hatten. Er ging vorweg, drehte sich einmal kurz um und sah auf Carolinas Füße. »Die Schuhe ziehst du am besten aus.« Sie kannte das Ziel. Natürlich. Er hielt auf die beiden Weiden zu, die den Pfad zum Strand flankierten. Sie würden beim Essen einen Blick auf das Meer haben. Und was für einen! Ihr Herz machte einen Freudenhüpfer. Jetzt kam es schon nicht mehr darauf an, was er gekocht hatte. Der Sand unter ihren Füßen war weich, der Wind spielte mit dem weiten Rock ihres Kleides und streichelte sanft ihre Haut. Es hätte nicht schöner sein können. Doch, konnte es. Jens lief ein Stück den Strand entlang und bog dann hinter der einzigen höheren Düne ab. Sie erkannte den Platz sofort wieder. Es war ein ehemaliger Strandzugang, der verlegt worden war. So war ein geschütztes Plätzchen entstanden, das vom Rest des Strandes nicht einsehbar war. Hierher kamen nur Eingeweihte, die den Ort kannten. Verliebte Teenager zum Beispiel, die in Ruhe knutschen wollten.

Er stellte den Karton ab. »Erinnerst du dich?«

»Mann, sieht der gut aus!«, schwärmte die innere Jeannette. »Und er ist so romantisch.«

»Von wegen romantisch, zielorientiert ist er«, polterte die innere Hildegard. »Alarmstufe rot!«

»Natürlich erinnere ich mich«, entgegnete Carolina. »Wir waren ja oft genug hier. Heimlich.« Sie lachte. »Ich hoffe, du hast keine Absichten.«

»Klar habe ich die.« Er kam auf sie zu. »Außerdem war das gelogen. Du hoffst sehr wohl, dass ich Absichten habe.« Noch ein Schritt näher. Er streckte die Hand aus. Carolina war wie paralysiert. Er nahm ihr den Korb ab. »Jetzt wird aber erst mal gebrutzelt.« Sie staunte nicht schlecht, was alles zum Vorschein kam, als er auspackte. Zuerst breitete er eine große Decke aus, dann baute er einen Grill auf, stellte echtes Geschirr, Gläser und Besteck bereit. Kein Plastik! Er hatte Kohle, Anzünder und Fackeln dabei. Und natürlich eine schier unüberschaubare Zahl verschieden großer Behältnisse. Zum Schluss holte er zwei Flaschen Wein hervor. Zwei Flaschen für zwei Personen!

»Ich habe Roten ausgesucht. Der passt zu allem und muss nicht gekühlt werden.« Er grinste zufrieden. Während er die Glut entfachte, erzählte er von Angie. »Sie haben ihr 'ne fette Portion Sauerstoff verpasst und verschiedenes Zeug gespritzt. Ey, sie hatte echt mehr Glück als Verstand.«

»Das ist bei ihr wohl nicht ungewöhnlich, was? Entschuldigung.« Carolina hatte es sich auf der Decke bequem gemacht. Es war ihr streng verboten, sich um irgendetwas zu kümmern, also saß sie einfach da, genoss die herrlich salzige Luft, die Abendstimmung und das erste Glas Rotwein.

»Hast ja recht. Genie und Wahnsinn liegen wohl echt dicht beisammen. Na ja, wahnsinnig is sie nich.« Nach einer kurzen Pause setzte er hinzu: »Genial auch nich.« Ein Schmunzeln huschte über seine Lippen, dann wurde er wieder ernst. »Sie ist nach Rügen gekommen, weil ihr in der Großstadt alles auf den Keks ging. Sie dachte wohl, hier braucht man keine richtige Ausbildung, hier muss man nicht arbeiten, sondern kann sich so durchschlagen. Bloß funktioniert das hier so wenig wie anderswo.« Er stocherte in den Briketts herum. »Die Jungs in der Klinik haben rausgekriegt, dass sie Drogen nimmt.«

»Ich dachte, sie raucht nur ab und zu einen total ungefährlichen Joint.« Carolina konnte sich den ironischen Ton nicht verkneifen. »Wie kann man das denn im Nachhinein feststellen?«

»Sie hat sich manchmal auch was gespritzt. In die Fußsohlen.«

»O nein ...« Sie seufzte tief und verdrehte die Augen.

»Dir genügt Alkohol, ich rauche auch gern mal was, und Angie braucht eben mehr«, verteidigte er sie. Sie hingen beide ihren Gedanken nach.

»Und? Bekommt sie eine Therapie?«, wollte Carolina wissen.

Er nickte. »Is wohl besser. Ich hoffe nur, dass sie die durchzieht.« Plötzlich hellte sich seine Miene auf. »So, und jetzt Schluss mit dem Thema. Wir haben hier Scampi-Spieße als Vorspeise.« Er öffnete den Deckel einer Schale, aus der ein umwerfender Duft von Knoblauch, Thymian und frisch gemahlenem Pfeffer waberte. »Danach gibt es Nackensteaks mit Kräuterbrot. Und dazu reichen wir heute mediterranen Nudelsalat, eingelegte Tomaten und selbstverständlich Zaziki.«

»Das klingt fantastisch. Und wie das duftet! Warum kochst du in der *Dicken Flunder* nicht selbst?«

»Mach ich ja. Manchmal. Aber ich hab echt keinen Bock, jeden Tag in der Küche zu stehen. Das ist viel Arbeit, außerdem ist die Luft da ätzend heiß. Meine Stammgäste kommen in erster Linie, um ihr Bierchen zu zischen. Und Touris kommen sowieso nur einmal und gehen dann woanders hin. Da reicht dieser Fertigkram.« Das war auch eine Logik. Auf die Idee, dass die Gäste gerade wegen des Fertigkrams kein zweites Mal bei ihm einkehrten, kam er nicht. Erfreulicherweise hatte sie damit nichts zu tun. Sie streckte die Beine aus, legte den Kopf in den Nacken und schloss die Augen. »Fünf Minuten noch«, kündigte er an. Sie spürte, dass er sich neben ihr auf die Decke fallen ließ, und blinzelte. Er lag auf dem Rücken, den Oberkörper auf die Ellenbogen gestützt, und sah sie an.

»Was?«

»Kannst du nicht bleiben?«

»Wie bitte?«

»Es muss ja nicht gleich für immer sein.«

»Da bin ich beruhigt.«

»Im Ernst, Carolina, du könntest dir doch bestimmt 'ne Ferienwohnung leisten. Als zweiten Wohnsitz. Dann könnten wir uns öfter sehen. Regelmäßig.« Ein verlockender Gedanke. In mehrfacher Hinsicht. Eine Wohnung auf Rügen, davon hatte sie schon als Teenager geträumt.

»Die Spieße verbrennen nicht, oder?«, sagte sie ausweichend.

Er rappelte sich auf und servierte den ersten Gang.

»Köstlich«, murmelte Carolina kauend. »Die sind so gut, allein dafür würdest du einen Stern bekommen, wenn ein Restauranttester die probieren würde.«

»Die mache ich nur für besondere Gäste.«

»Kann ich mir vorstellen.« Sie lachte. »Die sind alle weiblich.«

»Genau genommen habe ich die ganz speziell für dich zubereitet und werde sie nie wieder machen.« Er warf ihr einen tiefen Blick zu. »Außer, du kommst wieder auf die Insel.«

Sie aßen in aller Ruhe da, plauderten, neckten sich. Jens erzählte, dass er früher darüber nachgedacht hatte, Musiker zu werden. Nur hatte er schnell erkannt, dass so ein Rockstar-Leben gar nicht so frei war, wie immer alle meinten. Man musste feste Termine einhalten, spielte meist an den Wochenenden, wenn die eigenen Kumpels feierten, und war ständig von anderen abhängig. Nee, das war nich sein Ding. Gute Einsicht, dachte Carolina. Sie würde Konrad davon erzählen.

Eine ganze Weile nachdem die Vorspeise gegessen war, räumte er die Teller weg und legte das Fleisch auf den Grill.

»Ich kann meinen Teller ruhig weiter benutzen«, wandte sie ein.

»Kommt nicht in Frage. Fleisch auf den Fischteller!« Er schüttelte in gespieltem Entsetzen den Kopf. »Dafür darfst du dein Glas weiter benutzen«, erklärte er und schenkte nach.

Carolina ließ es gerne geschehen. Sie dachte daran, wie es war, wenn sie zu Hause grillten. Dann war sie dafür zuständig, dass die Schüsseln gut gefüllt waren und jeder zu trinken hatte. Lutz übernahm das Grillen. Allerdings konnte nie die Rede davon sein, dass sie sich Zeit ließen. Konrad konnte nicht schnell genug Würstchen und Kotelett vertilgen, und Lara durfte nicht zu spät ins Bett kommen. Das war ja auch schön. Irgendwie. Trotzdem … Sie wurde sentimental.

»Hey, was ist los mit dir?« Jens sah sie aufmerksam an. Ein gefährlicher Blick, der ihr durch und durch ging.

»Nichts, alles gut.«

»Glaube ich nicht.« Wieder setzte er sich zu ihr auf die Decke. »Du siehst manchmal so traurig aus. Was stimmt nicht mit dir?« Er sah ihr direkt in die Augen, strich ihr eine Strähne hinter das Ohr und ließ seine Hand wie zufällig auf ihrem Arm liegen. Puh, Jens hatte wirklich nichts von seiner Verführungskunst und seinem Charme eingebüßt. Es kam doch gar nicht in Frage, ihre Ehe aufs Spiel zu setzen, oder? Nö, war ja auch gar nicht nötig. Ein prickelnder Urlaubsflirt, ein romantischer Abend am Strand, das musste eine Ehe doch wohl mal aushalten. Muss man so was überhaupt beichten? Die salzige Luft und der laue Wind, der weich über ihre Haut strich, leisteten bestimmt auch einen kräftigen Beitrag zu ihrer Verfassung, die sie selbst als höchst riskant einstufte. Der schwere Rotwein sowieso. Es war ihr egal. Nee, Hildegard, du sagst jetzt mal nichts!

Carolina nahm einen kräftigen Schluck. »Ich muss dir was beichten.« Wie sagte man am besten, dass man die ganze Zeit geflunkert hatte? Okay, raus damit. »Ich bin verheiratet.« Sie setzte eine zerknirschte Miene auf und wartete auf eine Reaktion. Als die nicht kam, sah sie ihn an.

»Und? Was noch?«

»Wie, was noch?« Es machte ihm nichts aus. Sie vergewisserte sich, dass er keine Spielchen mit ihr trieb. Aber er war ruhig und sah tiefenentspannt aus.

»Hab ich mir irgendwie die ganze Zeit gedacht. Is doch egal. Mir jedenfalls«, setzte er hinzu und legte den Kopf schief. »Hör zu, Carolina, es kann kein Zufall sein, dass du gleich am Anfang deines Urlaubs ausgerechnet in mein Restaurant spaziert bist. Wir sollten uns wiedersehen. Das war Schicksal.« Stimmt, gutes Argument. »Außerdem will ich dich nicht gleich heiraten.« Er lachte. Seine Finger strichen von ihrer Armbeuge aufwärts zu dieser sehr empfindlichen Stelle. »Das würde echt nich zu mir passen.« Er rollte sich auf die Seite. Auf einen Ellenbogen gestützt, lag er ziemlich lässig da. Bedauerlicherweise konnten seine Finger in dieser Haltung nicht da weitermachen, wo sie soeben aufgehört hatten. Dafür senkten sich seine Lippen auf ihren Arm. Er küsste sie zärtlich. »Wir können uns trotzdem wiedersehen.« Noch ein Kuss. »Wir können die Zeit miteinander genießen«, raunte er mit seiner Samtstimme. »Das tut doch keinem weh.« Mit der beim Eheversprechen gelobten Treue hatte das aber auch nicht gerade viel zu tun, dachte sie, während sie das Gummiband aus seinem Haar zog und ihre Hand in seiner Mähne vergrub.

»Weißt du noch? Hier haben wir uns immer heimlich getroffen und wild geknutscht.«

»Ja.« Sie kicherte albern. Vielleicht sollte sie keinen Wein mehr trinken. »Hast du noch etwas von diesem edlen Tröpfchen?«, fragte sie. »Das war eine tolle Zeit«, sagte sie seufzend, während er ihr eingoss. »Obwohl … Ich war so nervös!« Wieder kicherte sie. Was war bloß los? Das machte sie sonst doch nicht. »Ich hatte solche Angst, alles falsch zu machen.«

»Hast du aber nicht.« Er nahm ihr das Glas aus der

Hand und stellte es in den Sand. Dann drückte er sanft ihre Schultern nach hinten.

Auf dem Rücken liegend fiel ihr erst der Himmel auf. »Gott, ist das schön«, hauchte sie.

»Finde ich auch.« Er beugte sich zu ihr herunter. Carolina schob ihn etwas beiseite.

»Nein, den Sonnenuntergang meine ich. Guck doch mal!« Er drehte den Kopf, seine Haare kitzelten in ihrem Gesicht. Sie rochen gut.

»Stimmt, sieht schön aus.« Er wandte sich ihr wieder zu, lag ganz dicht neben ihr. »Aber du bist noch schöner.«

»Quatsch«, sagte sie und fühlte sich wieder wie ein junges Ding, das seine ersten Komplimente bekam.

»Doch, das bist du.« Er küsste ihre nackte Schulter, dann ihren Hals. Er rollte sich noch ein Stückchen näher zu ihr, so dass sie seinen Körper halb auf sich spürte. Was genau machte eigentlich seine Hand auf ihrer Taille? Nicht nachdenken. Auch nicht über seine Lippen auf ihren. Er küsste sie sanft, beinahe scheu. Sie wehrte sich nicht. Im Gegenteil. Sie war kein Teenager mehr, sondern eine Frau. Das sollte er ruhig merken.

»Lust auf etwas Süßes?«, fragte er, hob ein wenig den Kopf und sah sie erwartungsvoll an.

»Nein, danke«, stammelte sie irritiert, »ich platze gleich. Vielleicht später.«

Er lachte. »Keine Sorge, das Dessert macht nicht satt. Im Gegenteil. Es macht Lust auf mehr.« Die Hand auf ihrer Taille begab sich auf Wanderschaft abwärts, während seine Lippen ihr Dekolleté bis zum Ansatz ihrer Brüste erkundeten. Jetzt hatte sie es auch kapiert. Das Dessert war langhaarig, gut gebaut und in der Tat ziemlich süß. O ja, sie hatte Appetit. Geschickt schob er ihren Rock langsam nach oben, so dass seine Hand die empfindliche Haut ihres Oberschenkels berühren konnte. Und wie sie sie berührte! Ein Zittern lief durch Carolinas Körper. Er küsste sie wieder, leidenschaftlich dieses Mal. Er wusste, dass er seinem Ziel ganz nahe war. Sie spürte seine Zungenspitze an ihren Lippen. Gleich darauf küsste er ihre Nase, ihre Wange, ihr Ohrläppchen.

»Ich habe Lust auf dich, Carolina«, flüsterte er. Das ließ sich kaum verbergen.

»Und ich habe Lust auf mehr Wein«, antwortete sie, als sie seine Finger am Rand ihres Slips spürte. »So zwischendurch.«

»Muss das jetzt sein?« Er zog die Hand von ihrem Oberschenkel zurück, stand aber nicht auf, sondern begann, ihre Brüste zu streicheln.

»Ja, muss sein«, stammelte sie und zog hörbar die Luft ein.

»Na gut, wir haben ja Zeit.« Jens stand auf, öffnete die zweite Flasche – hatte er von der ersten eigentlich mehr als ein Glas getrunken? – und schenkte ihr ein. Er zündete die Fackeln an. Carolina stürzte die Hälfte des Weins in einem Zug herunter. Sie geriet mehr und mehr in Panik. Ja, sie wollte ihn. Sie konnte sich nicht erinnern, wann sie das letzte Mal einen Mann so begehrt hatte. Sie konnte sich dummerweise ganz genau daran erinnern, wer das gewesen war. Die letzte Fackel brannte, Jens würde in der nächsten Sekunde zu ihr zurückkommen. Sie sprang auf. Blöde Idee. Alles drehte sich, und sie hatte Mühe, auf ihren Füßen zu bleiben.

»Ich will tanzen«, verkündete sie.

Ein schriller Ton, der ihr auf der Stelle Kopfschmerzen verursachte …

Morgen-Grauen

Ein schriller Ton, der ihr auf der Stelle Kopfschmerzen verursachte … Fieser Reisewecker. Carolina öffnete die Augen, blinzelte. Sie lag in einem Bett. O nein, bitte nicht. Vorsichtig drehte sie den Kopf. Niemand zu sehen. Kein blonder langhaariger Adonis, kein freundlicher schwarzer Hund. Das hier war eindeutig ihr Hotelzimmer. Und wie es aussah, war sie allein. Carolina hatte einen schalen Nachgeschmack von viel Knoblauch und noch mehr schlechtem Gewissen. Irgendwo in einem sehr entlegenen Winkel ihres dröhnenden Hinterkopfes wusste sie, dass sie Dinge zugelassen hatte, die sie nicht hätte zulassen dürfen. Ihr fiel wieder ein, dass sie getanzt hatte. Sie hatte sich komplett zum Voll-Horst gemacht. Nach diesen Mengen Rotwein war sie ja nicht einmal in der Lage gewesen, zwei Beine im weichen Sand zu koordinieren. Aber sie musste gleich eine Mischung aus Limbo und Tango kreieren … Das hatte nicht gut gehen können. Prompt war sie gestolpert und in seinen Armen gelandet. Und dann … nichts mehr. Funkstille. Filmriss. Carolina konnte sich beim besten Willen nicht mehr erinnern, wie sie zurück in ihr Hotel gekommen, geschweige denn, was am Strand alles passiert war. Sie fühlte sich hundeelend. Das lag ganz sicher nicht an dem Alkohol. Jedenfalls nicht nur. Sie musste Lutz alles sagen. Nur was denn alles?

Carolina schlurfte in das Badezimmer und frühstückte eine Kopfschmerztablette. Dann stopfte sie das kirschrote Kleid in den Koffer, das sie nie wieder würde unbeschwert tragen können. Noch in ihrem Zimmer verkroch sie sich hinter ihrer Sonnenbrille. Bis zur Abreise blieben ihr ein paar Stunden. Am liebsten hätte sie gefragt, ob sie das Zimmer noch behalten durfte. Die Vorstellung, wieder unter die Decke zu schlüpfen, womöglich sogar ein bisschen zu schlafen, war äußerst verlockend.

»Nix da!«, riefen Jeannette und Hildegard einstimmig.

»Ja, ich weiß, was ihr sagen wollt«, brummte Carolina missmutig. »Ihr habt ja recht.« Sie musste dringend wieder Ordnung in ihr Leben bringen. Am besten fing sie gleich mal bei Jens an.

»Kann ich mein Gepäck hier irgendwo deponieren? Mein Zug geht erst gegen Mittag.« Auch an der Rezeption nahm Carolina ihre Sonnenbrille nicht ab. Nur zur Sicherheit.

»Natürlich, kein Problem.« Der junge Mann mit dem blonden Zopf lächelte unverbindlich. Der hatte ihr gerade noch gefehlt.

»Ich brauche außerdem noch mal ein Fahrrad.«

»Oh, das ist schlecht, wir haben Ihre Rechnung schon fertig. Sie hatten gestern gesagt …«

»Genau, gestern«, unterbrach sie ihn mit einem zuckersüßen Lächeln. »Aber heute brauche ich eins. Ich zahle bar, von mir aus auch für einen ganzen Tag.« Sie beugte sich vertraulich vor. »Es ist dringend. Ich bin sicher, Sie finden eine Lösung.«

Keine zehn Minuten später radelte sie nach Lobbe. Die frische Luft war gut gegen den Knoblauchgeruch, der sie vermutlich einhüllte, und gegen den Kater.

»Kann ich Jens kurz sprechen?« Carolina versuchte, so entspannt wie möglich zu wirken. Sie kraulte Jerry, der sie fröhlich begrüßte.

»Der ist heute noch nicht aufgetaucht«, gab Dorothee genervt zurück. »Is wohl spät geworden gestern …«

»Geht so.« Keine Ahnung wäre die ehrliche Antwort

gewesen. »Er wohnt doch hier im Haus, oder?« Dorothee nickte. »Darf ich …?« Jens' Mitarbeiterin zeigte ihr den Weg. Zum ersten Mal war Carolina in seiner Wohnung. Typische Junggesellenbude: zusammengewürfelte Möbel, hier und da lagen Klamotten herum. Im Gegensatz zu Angies Behausung wirkte es geradezu ordentlich und ganz gemütlich. Es gab nur eine verschlossene Tür. Das musste dann wohl das Schlafzimmer sein. Sie klopfte.

»Was denn? Ich komme gleich runter!«

»Darf ich erst mal reinkommen? Mein Zug geht nämlich bald.« Sie hielt die Luft an.

»Carolina?«

»Ja. Hast du noch jemanden erwartet?«

»Komm rein!« Hätte er nicht einfach aufstehen können? Sie trat ein. Gott sei Dank, er schlief nicht nackt! Puh, war das stickig.

»Ich mach mal ein Fenster auf, okay?« Sie ging an seinem Schlaflager vorbei und ließ frische Ostseeluft herein. Als sie sich umdrehte, griff er nach ihrer Hand und zog sie zu sich auf das Bett.

»Du warst einfach toll gestern Nacht«, sagte er mit funkelnden Augen. »So süß und …«

Sie entzog ihm ihre Hand. »Ja. Ich meine, es war … toll … irgendwie.« Carolina schluckte. »Jens, ich muss dir etwas sagen: Ich bin verheiratet und …«

»Weiß ich doch.«

»Das weißt du?« Sie starrte ihn an.

»Du hast es mir gestern gesagt, erinnerst du dich etwa nicht mehr?« Er richtete sich auf, lehnte sich an. Seine Haare waren vollkommen zerzaust, Schadenfreude lag in seinem Gesicht.

»Oh, ach ja, doch natürlich. Ich war nicht sicher, ob du mir das abgenommen hast.«

»Hab ich.«

»Und?«

»Wie, und? Is doch kein Problem. Hab ich dir doch gesagt.« Es machte ihm nichts aus, gar nichts. »Dein Mann muss doch nix erfahren. So ein Flirt macht einen Urlaub einfach schöner. Du kommst entspannt und ausgeglichen nach Hause. Dann lässt er dich nächstes Mal umso lieber fahren. Is doch für alle gut.« Nein, für Lutz war das überhaupt nicht gut, dass wusste sie nur zu sicher. Es schnürte ihr beinahe die Luft ab, dass sie ihn hintergangen hatte.

»Das sehe ich ein bisschen anders«, gab sie frostig zurück. »Ich habe geheiratet, weil … weil … Jedenfalls nicht, um mal mit dem einen und mal mit dem anderen herum zu machen.« Er hob die Augenbrauen.

»Okay«, sagte er gedehnt. »Tja, dann haben wir wohl unterschiedliche Lebensentwürfe. Ich bin nur mir selbst verpflichtet, weißt du? Wenn ich für jemanden auf etwas verzichten soll, das mir gut tut, dann kann da was nicht stimmen.«

»So einfach ist das nicht.« Oder doch?

»Für mich schon. Ist in Ordnung, wenn du dich für das langweiligere Konzept entscheidest, zu deinem Mann zurückgehst, ihm brav treu bist, anstatt dir ab und zu eine Auszeit von der Ehe zu gönnen und Zeit mit mir zu verbringen. Das muss ich akzeptieren.« Er kämpfte nicht einmal um sie.

Carolina bekam ein flaues Gefühl im Magen. Das lag bestimmt nicht nur am ausgelassenen Frühstück. Sie hatte sich doch tatsächlich eingebildet, dass er etwas für sie empfand. So blöd konnte man doch gar nicht sein. Sie war in die Falle getappt. Genau wie als hormongesteuerter Teenager. Ob es dieses Mal zum Äußersten gekommen war, spielte dabei nicht einmal eine Rolle.

Sie stand auf. »Hier geht es nicht um Lebensentwürfe oder Konzepte«, sagte sie tonlos. »Das hat etwas mit Verantwortung zu tun, mit Verlässlichkeit und vielleicht sogar mit Moral, falls du davon schon mal etwas gehört hast.« Ihr war noch gar nicht aufgefallen, wie herablassend er gucken konnte. »Es geht um richtig oder falsch, und Unehrlichkeit ist bestimmt nicht richtig«, fauchte sie. »Ich mag dir spießig vorkommen, für mich sind das eben Werte, die etwas bedeuten. Ich halte sie neben der Liebe sogar für die wichtigsten Bausteine einer Beziehung.« Und diese Steine hatte sie gestern Nacht aus dem Fundament ihrer Ehe gerissen. Die Tränen kamen so plötzlich, dass Carolina nur noch fluchtartig aus dem Zimmer stürmen konnte.

Super, jetzt war sie nicht nur verkatert, sondern auch noch verheult. Zu allem Überfluss musste das Frauenquartett natürlich gerade auschecken, als sie in der Lobby auf ihr Taxi wartete. Zusätzlich zur Sonnenbrille verkrümelte sie sich hinter einer Zeitung. Jetzt ein falsches Wort von Molli, und es käme zur Katastrophe.

»Die Damen waren zufrieden?«, fragte der blonde Jüngling an der Rezeption gerade.

»Wie immer, wie immer«, flötete Molli. Ach, obwohl die Kellnerin nicht schon mit dem Kaffee hinter der Tür stand, wenn sie das Restaurant betrat?

»Das freut uns.« Der junge Mann wandte sich an die Unsichtbare: »Ach, Frau Larsen, dürfte ich wohl um ein Autogramm für meine Mutter bitten? Nur, wenn es Ihnen nichts ausmacht«, setzte er hastig hinzu. Carolina konnte die Antwort nicht verstehen. Aber der Mitarbeiter holte ein Buch hervor und schob es ihr hin. »Meine Mutter liebt Ihre Romane. Sie war vollkommen aus dem Häuschen, als ich ihr sagte, dass Sie bei uns wohnen. Ich konnte einfach nicht ablehnen, Sie wenigstens zu fragen.« Sieh einer an! Ausgerechnet die Unsichtbare! Wie man sich in Menschen doch täuschen konnte. Schon wieder stiegen Carolina Tränen in die Augen.

»Gnädige Frau, Sie hatten ein Taxi bestellt?« hörte sie auf einmal neben sich. Ihr wurde schwindelig.

»Lutz!« Sie sprang auf. Ihr wurde noch schwindeliger.

»Hoppla!« Er packte ihre Taille. »Ich wollte dich überraschen. Umhauen wollte ich dich nicht gleich.« Carolina schlang die Arme um seinen Hals.

»Ich freue mich so!«, flüsterte sie. Und ich schäme mich so.

»Ich mich auch. Ich habe dich vermisst, Ehefrau«, sagte er ruhig. »Komm, wir gehen raus, ja?«

Sie sah auf die Uhr. »Mein Zug geht bald. Wir müssen los nach Binz zum Bahnhof.« Ganz allmählich setzte eine normale Hirntätigkeit wieder ein. »Moment mal, wieso bist du eigentlich hier? Du bist doch nicht von Neustrelitz hergefahren, um mich zum Bahnhof zu bringen. Das wäre …«

»Ökologischer Wahnsinn, würde Omi Anna sagen«, brachte er den Satz zu Ende. Sie gingen nach draußen. »Nein, ich wollte einfach nicht warten, bis du nach Hause kommst. Ich wollte so schnell wie möglich mit dir reden.«

»Auf die paar Stunden wäre es doch wohl nicht angekommen, oder?« Sie war vollkommen durcheinander.

»Doch. Außerdem dachte ich, ein paar Tage Urlaub würden mir auch mal ganz gut tun. Drei Tage nur mit meiner Frau, ohne unsere Terror-Azubis.«

»Moment, ich komme nicht mehr mit.« Sie sah ihn an, als hätte sie eine Erscheinung. »Wir bleiben?«

»Ja. Aber nur bis Mittwoch. Donnerstag haben wir eine Konferenz. Da konnte ich mich beim besten Willen nicht ausklinken.«

»Du hast die Kinder mit Omi Anna allein gelassen?«

»Als ich ihr sagte, dass ich zu dir fahren will, meinte sie: Das ist das Beste, was ich von dir höre, seit du mein Schwiegersohn bist.«

»Oh«

»Trotzdem habe ich den Kindern das nicht angetan, ich habe einen wildfremden Mann von der Straße aufgelesen und ihn gefragt, ob er Zeit und Lust hat, sich ein kleines Vermögen zu verdienen. Er kümmert sich um sie.«

»Dann bin ich beruhigt.« Sie musste lachen.

»Wo geht es zum Strand?« Er deutete zur Straße. »Hier?« Das Lachen blieb ihr im Halse stecken.

»Nein! Das heißt, ja, schon aber …«

»Ich will nur mal gucken.« Schon machte er sich auf den Weg. »Ist lange her, dass ich das Meer gesehen habe.«

Carolina stolperte hinter ihm her. Sie musste beichten. Auf der Stelle. Aber doch nicht hier mitten auf der belebten Strandstraße. Wenn sie wartete, waren sie direkt an der Ostsee. Es würde sie alles an den vergangenen Abend erinnern. Da konnte sie erst recht keinen klaren Gedanken fassen.

»Schön hier«, meinte Lutz, der sich alles ganz aufmerksam ansah. Er strahlte wie ein großer Junge vor dem Weihnachtsbaum. »Und wie das riecht!«

»Ich hatte 'ne ziemliche Portion Knoblauch gestern«, scherzte sie halbherzig.

»Hab ich schon gemerkt. Ich meinte allerdings diesen Salzgeruch. Herrlich!« Sie ließen den Kurpark hinter sich. Lutz zog Schuhe und Strümpfe aus und krempelte die Hosenbeine hoch. »Wir gehen nach vorne ans Wasser, ja?«

»Klar.« Die Sandalen in der Hand stapfte sie hinter ihm her.

»Wir müssen Muscheln sammeln und den Kindern mitbringen«, schlug er vor.

»Ja, wollte ich auch schon, bin aber irgendwie nicht dazu gekommen.« Carolina stockte. Er sah sie lange an.

»Gehen wir ein Stück.« Sie schlenderten am Saum der Wellen entlang. Möwen kreischten über ihren Köpfen, andere hüpften nur wenige Schritte von ihnen entfernt durch den Sand. »Seit du gesagt hast, dass du Abstand brauchst, bin ich immer nervöser geworden«, begann Lutz. »Ich hatte richtig Angst.«

»Das wollte ich nicht.«

»Doch, das war ja gut. So habe ich mir endlich mal

ernsthafte Gedanken gemacht, was ich ändern kann, um wieder mehr Zeit für die Familie zu haben. Und speziell für dich. Irgendwie dachte ich, es läuft alles gut.«

»Stimmt ja auch. Irgendwie.«

»Nur dass wir beide auf der Strecke geblieben sind, weil mein Job mich mit Haut und Haaren verschlungen hat, ohne dass ich das so richtig bemerkt habe. Weißt du, man rutscht da so rein. Es wird von Tag zu Tag mehr.« Der Wind spielte mit seinem dunkelbraunen Haar. Er blickte gedankenverloren über das Meer. »So kann es nicht weitergehen. So wird es nicht weitergehen«, verkündete er. »Ich habe gekündigt.«

»Was?« Sie blieb stehen.

»Ja.« Er hob einen Stein auf und warf ihn in die Wellen. »Wir haben doch immer gesagt, wir wären auch in einer kleinen Wohnung glücklich. Die Hauptsache, wir haben uns und sind gesund!« Er strahlte sie an.

»Ja, schon …« Gab es denn bei Männern immer nur ganz oder gar nicht?

Lutz prustete los. »Du müsstest dein Gesicht sehen. Große klasse!« Er japste nach Luft. »Das war ein Scherz. Denkst du, ich will unser Haus aufgeben oder Konrad den Musikunterricht streichen?«

»Du bist so gemein! Ich falle auch noch drauf rein«, schimpfte sie und schubste ihn in Richtung Ostsee. Sollte er doch samt langer Hose und Poloshirt hinein fallen. Er fiel natürlich nicht. Eher wäre sie ins Straucheln geraten mit dem Restalkohol im Blut. Lachend nahm er sie in den Arm. Sie gingen weiter.

»Ich muss dir auch etwas sagen«, begann Carolina. »Ich will mich trennen.« Jetzt blieb er stehen. Der Schock war ihm ins Gesicht geschrieben. »Ja, von meiner inneren Hildegard.«

Er holte tief Luft. »Pfui, mit so einer heftigen Retourkutsche habe ich nicht gerechnet.«

»Wir sind quitt.«

»Von mir aus. Aber du musst mir bitte erklären, wer deine innere Wer ist?«

»Hildegard«, gab sie gelassen zurück. »Du warst nie das Problem, Lutz. Weißt du noch? Als ich dir sagte, dass ich in unserem Haus glücklich bin, den Garten liebe und mich gern und freiwillig von unseren beiden Nervensägen tyrannisieren lasse, da hast du gesagt: Dann bin ich das Problem. Aber das stimmt nicht. Hildegard ist es. Oder besser gesagt, sie war es.« Carolina erzählte von der inneren Stimme, die ihr permanent damit auf die Nerven fiel, was sie noch alles tun müsste, um die perfekte Ehefrau und Mutter zu sein. »Ständig hat sie mir meine Unzulänglichkeiten unter die Nase gerieben. Also habe ich alles an mich gerissen, mich dauernd überfordert, anstatt einfach mal mit einem Buch auf dem Schoß die Füße hochzulegen. Mein Leben mit dir ist wunderbar, Lutz. Nur hast du mir in letzter Zeit so oft gefehlt. Ich hatte den Eindruck, unser gesamter Alltag bleibt an mir hängen. Statt einfach mal Fünfe gerade sein zu lassen, habe ich mich immer mehr ins Zeug gelegt und mich gleichzeitig immer mehr darüber geärgert. Über mich, um genau zu sein«, sagte sie kleinlaut. »Das habe ich jetzt aber erst begriffen.«

»Dann hatte deine Auszeit auf jeden Fall etwas Gutes.«

»Stimmt, hatte sie.« Sie musste es ihm sagen. Jetzt musste sie es ihm sagen.

»Was außerdem gut daran war, weiß ich auch. Ich weiß genau Bescheid, Carolina«, sagte er ruhig.

»Bitte?« Wie das? Da hatte er ihr etwas voraus. Sie selbst hatte nämlich noch immer große Lücken.

»Von wegen Erholung. Du hattest hier einen Job. Warum hast du mir das nicht ehrlich gesagt? Darüber bin ich ein bisschen enttäuscht. Ich meine, das ist doch eine tolle Sache. Dachtest du etwa, ich hätte dich davon abgehalten?« Ohne es wahrzunehmen, waren sie barfuß bis an die östliche Spitze der Insel gelaufen, das Nordperd. Von der sechzig Meter hohen Erhebung hatte man einen fantastischen Blick. Unter ihnen lag das Kliff mit der langen Mole, die es schützen sollte.

»Sieh dir das an: Da drüben liegt Usedom. Und da hinten kannst du die Kreideküste von Jasmund sehen.« Er nahm sie in den Arm und bewunderte über ihre Schulter hinweg die Aussicht.

»Schön, das ist unglaublich schön.«

»Lutz, ich wusste von dem Job nichts, als ich hergekommen bin. Das hat sich ergeben. Über einen alten Bekannten …« Sie verstummte und senkte den Blick.

»Wenn du wieder arbeiten willst, dann kriegen wir das irgendwie hin.«

Sie sah auf und direkt in seine Augen. »Das wäre toll. Lissi und Kurt, die beiden, denen ich ein bisschen mit der Villa geholfen habe, würden sich sehr freuen. Das meiste könnte ich von zu Hause aus machen. Wenn ich noch mal vor Ort sein müsste, könnten wir es vielleicht einrichten, dass wir alle fahren. Als Familie.«

»Ja, die Kinder wären bestimmt begeistert.«

»Du musst Lissi und Kurt kennenlernen. Sie sind so süß. Ich fahre mit dir hin. Gleich morgen. Dann kannst du die Villa sehen. Sie wird dir gefallen«, rief sie begeistert.

»Gute Idee.«

»Ich weiß auch schon, wo wir wohnen, wenn wir zu viert kommen.« Carolina war nicht mehr zu bremsen. »Da gibt es eine Ferienwohnung direkt neben den Leuchttürmen.« Sie stutzte. »Moment mal, woher weißt du überhaupt von meinem Mini-Auftrag?«

»Ich habe an der Rezeption nach dir gefragt. Da war ein junges Mädchen mit rötlich-braunen Locken, die gleich von dir geschwärmt hat, von der erfolgreichen Innenarchitektin.« Lutz packte sie, hob sie hoch und wirbelte sie durch die Luft.

»Ich will alles sehen. Du musst mir die ganze Insel zeigen, Frau Architektin. Auch die Plätze, wo du dich früher immer herumgetrieben hast, ja?«

»Nur, wenn du mich wieder herunterlässt.« Sie lachte. Die Plätze, wo sie sich früher herumgetrieben hatte. Es gab da einen ganz speziellen Platz, den sie ihm gerne gezeigt hätte. Bis gestern Nacht …

»Ich muss dir noch etwas sagen.« Sie sah zu ihm auf.

»Du hattest Auszeit von der Familie, Carolina. Zeit nur für dich. Du musst mir nicht erzählen, was du damit angestellt hast.« Er lachte ein wenig bemüht. Dann sah er ihr ernst in die Augen. »Ich will es nicht wissen.«

Eine ganze Weile standen sie nur da und sahen sich an. Liebe Güte, sah dieser Mann gut aus! Sie spürte ein Kribbeln im Bauch und etwas tiefer. Am liebsten wäre sie auf der Stelle über ihn hergefallen. So wie seine Augen funkelten, hatte er die gleichen Gedanken. Aber in seinem Blick war noch mehr, da waren Liebe, Vertrauen, Zusammengehörigkeit. Sie musste schlucken, weil sie fast geheult hätte vor Glück. Auch egal, bei Lutz durfte sie das. Vor ihm brauchte sie nicht wegzulaufen, wenn ihre Emotionen mit ihr durchgingen. Armer Jens, er würde nie wissen, wie gut sich so etwas anfühlen konnte.

Es kribbelte wieder, dieses Mal auf ihrem Bauch. Sie zupfte verstohlen an ihrer Bluse. Sie wollte die romantische Stimmung nicht zerstören. Aber wenn sie dieses Haar nicht los wurde, das sie ständig kitzelte, war das mit der Romantik sowieso gelaufen.

Lutz schob eine Augenbraue nach oben. »Na, hast du schon wieder ein Haar im Ausschnitt?«

»Wie kommst du darauf?«

»Hast du doch dauernd. Und man merkt es immer, wenn du total unauffällig versuchst, es zu beseitigen.« Er lächelte, in seinen Augen lag ein freches Funkeln. »Soll ich mal nachsehen, ob ich es finde?«

»Gute Idee!«

Er nahm sie in den Arm, drückte sie ganz fest an sich und küsste sie. Der schönste Kuss, den sie sich vorstellen konnte.